COUSAS PEQUENAS COMA ESTAS

Claire Keegan

Traducido por Isaac Xubín

Título original: *Small Things Like These*

Autora: Claire Keegan

Primeira edición: outubro de 2024

Edición:
Rodolfo e Priscila, editora indecisa
http://www.rodolfoepriscila.gal
distribucion@rodolfoepriscila.gal

Ilustración de cuberta: "Ballena en el sofá", de Lúa Gándara
Deseño e maquetaxe: Roi Fernández
Corrección e revisión: Rinoceronte Servizos Editoriais
Imprime: Sacauntos Cooperativa Gráfica

ISBN: 978-84-127852-3-4
Depósito Legal: C 1423-2024

Esta obra recibiu unha subvención da Consellería de Cultura, Educación, Formación Profesional e Universidades da Xunta de Galicia

XUNTA
DE GALICIA

COUSAS PEQUENAS COMA ESTAS

Claire Keegan

*Esta historia está dedicada ás mulleres e nenos
que padeceron nos fogares para nais e fillos e nas
Lavandarías da Madalena de Irlanda.*

E a Mary McCay, mestra

"A República de Irlanda ten dereito á lealdade de todos os irlandeses e irlandesas e, pola presente, reclámaa. A República garante a liberdade relixiosa e civil, a igualdade de dereitos e a igualdade de oportunidades para todos os seus cidadáns e declara a súa determinación por buscar a felicidade e a prosperidade de toda a nación e de toda as súas partes, valorando todos os nenos da nación por igual."

Acta da Proclamación da República de Irlanda, 1916

1

As follas das árbores tornaron amarelas en outubro. Despois, os reloxos atrasáronse unha hora e os prolongados ventos de novembro chegaron, sopraron e deixaron as árbores espidas. Na vila de New Ross, as chemineas despedían un fume que se disipaba e esvaecía nunhas extensas febras espeluxadas que logo se dispersaban á altura dos peiraos, e o río Barlow, escuro como a cervexa negra, axiña medrou grazas á chuvia.

A maioría da xente soportaba o clima con resignación: tendeiros e comerciantes, homes e mulleres na oficina de correos e na cola do paro, no centro comercial, na cafetaría e no supermercado, nos salóns de bingo, nos pubs e no *fish and chips*, comentaban, cadaquén ao seu xeito, o frío e a chuvia que caera, preguntándose a que podía deberse e se non sería un mal presaxio, pois, quen podía crer que aquel volvería ser un día de frío glacial? Os nenos puñan as carapuchas dos abrigos antes de saíren cara á escola, e as súas nais, afeitas a agachar a cabeza para correr cara ao tendal, ou mesmo a non dar colgado nada, tiñan pouca fe en que dese secado máis dunha camisa antes da tardiña. E despois chegaban as noites, e volveron as xeadas, e coitelas de frío coábanse por baixo das portas e cortaban os xeonllos daqueles que aínda tiñan o costume de axeonllarse para rezar o rosario.

No almacén, Bill Furlong, o comerciante de madeira e carbón, refregaba as mans pensando que, de seguir así as cousas, axiña terían que mercar un novo xogo de rodas para o camión.

—Está repartindo o día enteiro —díxolles aos seus homes—, non tardará en quedar nos aros.

E era certo: apenas saía un cliente do almacén, chegaba outro pisándolle os calcañares, ou soaba o teléfono. E case todos aseguraban que precisaban do envío de inmediato, ou o antes posible, que á semana seguinte xa lles sería tarde.

Furlong vendía carbón, turba, antracita, borra e troncos de madeira que a xente pedía de cen en cen quilos, de cincuenta en cincuenta, por tonelada ou por camión enteiro. Vendía tamén briquetas, leña e bombonas. O do carbón era un traballo moi sucio e, durante o inverno, había que ir recollelo cada mes aos peiraos. Aos homes leváballes dous días enteiros recollelo, transportalo, clasificalo e pesalo, xa de volta no almacén. Nese tempo, era unha novidade ver os mariñeiros rusos e polacos pasear pola vila cos seus gorros de pel e os seus longos abrigos, abotoados ata arriba, sen saberen dicir apenas unha palabra en inglés.

Nas épocas de moito traballo, como aquela, Furlong ocupábase da maioría das entregas persoalmente, e deixaba os seus homes empaquetando os seguintes pedidos ou cortando e separando os cargamentos de madeira tallada que traían os labregos. Durante toda a mañá era posible oír as pas e as serras traballar arreo, pero cando ás doce do mediodía soaba a campá do ángelus, os homes deixaban as ferramentas, lavaban as mans e achegábanse, dobrando a esquina, a Kehoe's, onde lles servían unha comida quente que os venres incluía sopa e peixe fritido con patacas.

—Un palleiro non se fai sen palla —gustáballe dicir á señora Kehoe, de pé, detrás do mostrador novo do seu pequeno restaurante mentres cortaba a carne e servía verduras e puré cos seus culleróns de metal.

Os homes sentaban alegremente, entraban en calor e comían ata fartar antes de botar un cigarro e internarse de novo no frío.

2

Furlong saíra do nada. De menos que do nada, dirían algúns. A súa nai quedara preñada aos dezaseis anos, no tempo en que traballaba como empregada doméstica para a señora Wilson, a viúva protestante que vivía na casa grande situada a unhas millas de distancia da vila. Cando se soubo da situación en que se atopaba a súa nai, e cando a súa familia deixou claro que non quería ter nada que ver con ela, a señora Wilson, no canto de despedila, díxolle que debía quedar e conservar o traballo. A mañá en que Furlong naceu, foi a señora Wilson quen levou a nai ao hospital, e tamén quen a levou de volta á casa. Era o primeiro de abril de 1946, e houbo quen dixo por iso que o neno acabaría sendo un burro.

Furlong pasara a maior parte da infancia metido nun seirón na cociña da señora Wilson, e despois no carriño enorme que había ao carón da cómoda, amarrado con arneses para evitar que alcanzase unhas delicadas xerras azuis. As súas primeiras lembranzas consistían en fontes de servir, unha estufa ennegrecida —Queima! Queima!— e un chan brillante de lousas cadradas a dúas cores sobre o que gateara e camiñara e que máis tarde soubo que se asemellaba a un taboleiro de damas onde unhas pezas saltaban sobre as outras ou eran comidas.

A medida que foi medrando, a señora Wilson, que non tiña fillos de seu, fixérase cargo del, déralle pequenos traballos e axudárao a aprender a ler. Tiña unha pequena biblioteca, e non parecían importarlle demasiado as opinións dos demais; ela seguía adiante coa súa propia vida, con moderación, vivindo da pensión que recibía por mor da morte do seu marido durante a guerra e dos ingresos que lle daban os seus pequenos rabaños de vacas Hereford e ovellas Cheviot, tan ben coidadas. Ned, o axudante de campo, vivía tamén na casa; eran raras as ocasións en que se producían friccións na vivenda ou na veciñanza, pois as terras estaban ben pechadas e administradas, e non se lle debían cartos a ninguén. Tampouco había tensión no tocante ás crenzas relixiosas, tépedas polas dúas partes. Os domingos, a señora Wilson limitábase a mudar de vestido e de zapatos e a poñer o seu mellor sombreiro; Ned acompañábaa ata a igrexa no Ford, e despois seguía un pouco máis, ata a capela, con Furlong e a súa nai. Cando regresaban á casa, deixaban os libros de oracións e mais a Biblia no moble da entrada, á espera do seguinte domingo ou día santo.

Na escola, Furlong fora albo de burlas e alcumes desagradables; nunha ocasión volveu coa parte posterior do abrigo cuberta de cuspidelas; a súa conexión coa casa grande, ora ben, dáballe certa liberdade e protección. Despois marchara durante un par de anos á escola politécnica, antes de acabar no almacén de carbón, onde se ocupara máis ou menos do mesmo traballo que agora realizaban os seus homes, e onde fora ascendendo aos poucos. Tiña man para os negocios; era de bo trato e adquirira sona de persoa en quen se podía confiar, na medida en que desenvolvera hábitos protestantes: estaba afeito a erguerse cedo e non gustaba da bebida.

Agora vivía na vila coa súa muller Eileen e as súas cinco fillas. Coñecera a Eileen cando traballaba na oficina de Graves & Co.; fixéralle as beiras do xeito habitual, levándoa ao cinema ou a dar longos paseos vespertinos ao carón do canal. Sentírase atraído polo seu cabelo negro brillante e os seus ollos da cor da lousa, pola súa mente áxil e práctica. Cando se prometeron, a señora Wilson déralle a Furlong uns cantos miles de libras para botar a andar. Algúns dicían que, se lle dera tal cantidade de cartos, fora porque o que o enxendrara era un dos seus (caso contrario, non o bautizarían como William, nome protestante, nome de reis).

Pero o certo é que Furlong nunca soubo quen era seu pai. Súa nai morrera de súpeto o día que caera, logo de perder o sentido, sobre as lastras do patio traseiro, mentres transportaba unha carretilla chea de mazás silvestres para facer xelatina. Un derrame cerebral, dixéranlles os médicos máis tarde. Furlong tiña doce anos. Tempo despois, cando foi ao rexistro na procura dunha copia do seu certificado de bautismo, o único que atopou escrito no espazo onde debería figurar o nome do seu proxenitor foi a palabra "Descoñecido". A boca do funcionario que lla entregou por riba do mostrador torcérase nun feo sorriso.

Agora, Furlong non estaba disposto a remexer nos asuntos do pasado; a súa atención centrábase en prover para as súas nenas, que tiñan o cabelo negro coma Eileen e a pel branca. Xa amosaban boas aptitudes na escola. Kathleen, a máis vella, acompañábao os sábados á pequena oficina prefabricada do almacén e, por unha humilde cantidade de cartos, axudábao na contabilidade, clasificaba o traballo da semana e levaba un rexistro da maior parte das cousas. Joan tamén tiña a cabeza ben posta sobre os ombreiros, e unírase ao coro había pouco tempo. As dúas cursaban secundaria na escola de St. Margaret.

A rapaza do medio, Sheila, e a segunda máis nova, Grace, que naceran con once meses de diferenza, podían recitar as táboas de multiplicar de memoria, facer longas divisións e citar o nome dos condados e dos ríos de Irlanda, que ás veces esbozaban e coloreaban con rotuladores sobre a mesa da cociña. Elas tamén tiñan inclinación pola música e recibían leccións de acordeón os martes, no convento, despois da escola.

Loretta, a máis nova, malia a súa timidez en presenza de estraños, recibía estrelas de ouro e prata no seu caderno de ditados, perfeccionaba a lectura cos libros de Enid Blyton e gañara un premio Texaco polo debuxo dunha galiña azul e gorda a patinar nun estanque xeado.

Ás veces Furlong, ao ver o xeito en que as nenas facían as cousas que cumpría facer —axeonllarse na igrexa ou darlle as grazas ao tendeiro polo cambio—, sentía unha ledicia secreta e profunda polo feito de que aquelas nenas fosen súas.

—Somos moi afortunados, non che parece? —díxolle a Eileen unha noite, na cama—. Hai tantos que non teñen o necesario...

—Desde logo.

—Non é que nós teñamos moito —engadiu—, pero así e todo...

A man de Eileen apertou levemente a engurra da colcha.

—Pasou algo?

Levoulle un tempo contestar.

—O pequecho de Mick Sinnot andaba hoxe polo camiño outra vez apañando garabullos.

—Imaxino que te pararías.

—Arroiaba. Pareime e ofrecinme a levalo á casa; deille unhas moedas soltas.

—Como non...

—Aínda vas pensar que lle dei un billete de cen libras...

—Es consciente de que algunhas persoas buscan os seus propios problemas?

—O rapaz non, dende logo.

—O martes Sinnot estaba chispo na cabina de teléfonos.

—Pobre home —dixo Furlong—, sexa o que for o que lle acontece.

—A bebida é o que lle acontece. Se tivese un pouco máis de respecto polos seus fillos non andaría por aí dese xeito. Sairía da situación por si mesmo.

—Quizais non pode.

—Supoño —dixo ela mentres se estiraba para apagar a luz—. Sempre hai alguén a quen lle toca a palla máis curta.

Algunhas noites, deitados na cama, Furlong falaba con Eileen sobre cousas pequenas coma estas. Noutras ocasións, despois dun duro día levantando obxectos pesados ou despois de demorarse por causa dunha roda picada e de ficar enchoupado pola chuvia, volvía á casa e comía ata fartar para meterse na cama de inmediato; espertaba máis tarde no medio da noite e sentía o sono de Eileen, profundamente durmida, ao seu carón, e aí quedaba el, dándolle voltas á cabeza, en círculos, axitado, antes de renunciar ao sono e baixar á cociña para quentar auga e facer un té. Entón permanecía diante da fiestra, coa cunca nas mans, mirando a rúa e o tramo do río que se vía dende alí, atento aos pequenos aconteceres: cans abandonados remexendo nos caldeiros do lixo; bolsas baleiras de comida para levar e latas que danzaban dun lado ao outro empurradas polo vento e a chuvia; e os que se demoraran no pub volvendo ás topadas á casa. Ás veces, a aqueles homes que camiñaban aos tombos dáballes por cantar. Outras veces, Furlong oía un asubío longo, seguido dunha gargallada, e púñase en tensión. Imaxinaba as súas fillas, cada vez máis grandes e máis crecidas, entrando nese mundo de homes. Xa reparara en como os ollos dalgúns ían detrás delas. Unha parte da súa mente crispábase, e non era quen de dicir por que.

Perdelo todo sería ben sinxelo, Furlong sabíao. Malia que nunca saíra moi lonxe da vila, viaxara abondo para ver os máis desafortunados da veciñanza polas estradas do condado. As colas do paro eran cada vez máis longas, e había homes que non podían pagar as facturas da luz, vivindo en casas frías coma cortellos, durmindo cos abrigos postos. As mulleres, o primeiro venres de cada mes, coas bolsas da compra nas mans, facían cola para cobrar as asignacións dos seus fillos. E no interior do país, contáranlle, as vacas quedaban ás veces abandonadas, bruando para que as muxisen porque o home que estaba ao cargo delas marchara repentinamente para coller o barco a Inglaterra. Nunha ocasión, recolleu un home de St. Mullins que camiñaba en dirección á vila; dixo que ía pagar unha factura, que acababa de vender o jeep porque non podía durmir sabendo o que debía, que o banco estaba a apremalos. E unha mañá, moi cedo, Furlong viu un neno bebendo o leite directamente do cazo dun gato, detrás da casa do cura.

Mentres facía os pedidos, Furlong non adoitaba poñer a radio, pero ás veces si o facía, para escoitar as noticias. Era 1985 e a xente nova emigraba; marchaba a Londres, Boston, Nova York. Acababan de inaugurar un novo aeroporto en Knock, e Haughey, o primeiro ministro, fora cortar a cinta. Haughey firmara un acordo con Thatcher sobre o Norte, e os Unionistas en Belfast marchaban bourando nos seus tambores, protestando porque Dublín metía os fociños nos seus asuntos. En Cork e Kerry as multitudes minguaran, pero aínda se reunían algúns ao redor das capelas por ver se algunha das estatuas se movía de novo[1].

En New Ross pecharon o estaleiro, e Albatros, a gran factoría de fertilizantes situada ao outro lado do río, despedira moita xente. Bennet's despediu once empregados, e Graves & Co., onde traballara Eileen, unha empresa instalada alí dende que a xente tiña memoria, pechara as súas portas definitivamente. O poxador afirmou que o negocio, de tan frío, ficara conxelado, que era como tentar venderlles xeo aos esquimós. E a señora Kenny, a florista, que tiña o posto ao carón do almacén de carbón, tapiara con táboas a fiestra do quiosco; unha tarde pedíralle a un dos homes de Furlong que a axudase a termar das táboas mentres ela mesma chantaba os cravos.

Eran tempos duros, pero Furlong estaba máis decidido que nunca a seguir adiante; a manter a cabeza baixa e permanecer do lado correcto; a seguir provendo para as súas fillas, para velas madurar e completar a súa formación en St. Margaret, a única boa escola para nenas que había naquela vila.

1 Durante o verán de 1985, milleiros de persoas desprazáronse á pequena aldea de Ballinspittle, no condado de Cork, para asistir á milagre da estatua que se movía.

3

Achegábase o Nadal. Xa puxeran un fermoso abeto norueguês na praza, ao carón do presebe, coas figuras acabadas de repintar. Algúns queixábanse de que Xosé resaltaba demasiado, pintado de vermello e púrpura; a Virxe María, en cambio, recibiu a aprobación de todos, axeonllada, impasible e enfeitada de branco e azul como era habitual. Tamén o burro tiña a aparencia de sempre, vixiando as dúas ovellas durmidas e mais o berce en que, durante a noiteboa, colocarían a figura do neno Xesús.

O costume era que todos se reunisen o primeiro domingo de decembro fronte ao concello, unha vez escurecese, para contemplar o acendido das luces. A tarde transcorrera sen chuvia, pero a sensación de frío era penetrante, e Eileen ordenoulles ás nenas abrochar os abrigos ata arriba e poñer as luvas. Cando chegaron ao centro da vila, xa se xuntaran a banda de gaitas e mais o coro de panxoliñas, e a señora Kehoe, no seu bochinche, vendía chocolate quente e galletas de xenxibre. Joan, que chegara antes, repartía as follas das panxoliñas entre os outros membros do coro, mentres as monxas ían dun sitio para ao outro, supervisándoo todo e falando cos pais das familias máis acomodadas.

Como ía demasiado frío para estar parado todo o tempo, pasearon polas rúas do arredor antes de se acubillaren na entrada do escaparate de Hanrahan's, onde Eileen parou para admirar un par de zapatos de charón de cor azul mariña e un bolso a xogo; amais de para falar con algúns veciños e coñecidos dun pouco máis lonxe que poucas veces vían, e cos que aproveitaban a ocasión para intercambiaren novidades.

Decontado puideron oír un anuncio no altofalante convidando a xente a achegarse. O concelleiro, que lucía cadea de bronce por riba dun exclusivo abrigo inglés, saíu do Mercedes e deu un breve discurso antes de que se accionase un interruptor que acendeu as luces. Como por arte de maxia, as rúas semellaron transformarse, tomar vida baixo as longas ringleiras de lámpadas de cores que abaneaban levemente, mexidas polo vento, por riba das súas cabezas. Houbo aplausos dispersos e tímidos, e axiña a banda de gaitas comezou a tocar, pero ao ver aparecer a Papá Noel, grande e gordo, pola rúa abaixo, Loretta retrocedeu, inqueda, e botou a chorar.

—Non teñas medo —dixo Furlong, para acougala—, que é unha persoa disfrazada.

Mentres os outros rapaces facían cola para visitar a Papá Noel na súa cabana e recoller os seus agasallos, Loretta permanecía acochada e agarrada á man de Furlong.

—Non temos por que ir se non queres, *a leanbh*[2] —díxolle Furlong—. Queda aquí comigo.

Preocupábao, malia todo, ver tan inqueda a súa filla ante a mesma visión pola que devecían os outros nenos; non podía evitar cismar en se a rapaza sería afouta dabondo para o que o mundo lle tiña reservado.

Aquela tarde, ao chegaren á casa, Eileen dixo que xa era o tempo de facer a torta de Nadal. Animada, colleu a receita que aparecía no envase da fariña Odlum e conseguiu que Furlong mesturase co batedor unha libra de manteiga e azucre no bol de porcelana marrón, mentres as nenas relaban a pel do limón, pesaban e cortaban en anacos cereixas e froitas confeitadas e retiraban a pel das améndoas logo de poñelas en auga a ferver. Durante case unha hora seleccionaron os froitos secos e escolleron pasas sultás e de Corinto. Eileen barutaba a fariña e as especias, batía os ovos e preparaba o molde, engraxándoo e apertándoo cun cordel ao redor dunha capa de papel marrón.

Furlong encargouse do forno da cociña de ferro, axeitando pequenas padas de antracita e regulando o tiro para que o lume se mantivese baixo e constante durante toda a noite.

Cando a mestura estivo preparada, Eileen deitouna no molde cadrado cunha culler de madeira, achaiándoa ben na

2 "Miña nena", termo afectivo en irlandés

superficie antes de darlle, entre pequenos risos, uns golpiños nos bordos para que a masa se esparexese polos currunchos. Unha vez meteu a torta no forno e pechou a porta, botou unha ollada ao seu redor e pediulles ás rapazas que a deixasen soa para poder poñerse ao choio e pasarlle o ferro á roupa.

—Por que non aproveitades para escribirlle as vosas cartas a Papá Noel?

Sempre igual, pensou Furlong; avanzaban dun xeito mecánico, sen pausa, pasando dunha tarefa á seguinte. Como sería a vida, preguntouse, de se poderen permitir un tempo para pensar e reflexionar sobre as cousas? Serían diferentes as súas vidas ou serían iguais? Perderían acaso o control sobre si mesmos? Malia que se ocupase de mesturar a manteiga e o azucre, a súa mente non estaba exactamente alí, naquel momento, naquel domingo previo ao Nadal, coas súas fillas e a súa esposa; tiña a cabeza máis ben no mañá, en quen debía canto, en como e cando entregarían os pedidos, en a que home lle encargaría determinada tarefa, en como e cando poderían reclamar o que lles debían; e sabía que antes de que o día seguinte chegase á súa fin, a súa mente se poría a traballar, de novo, coma sempre, no que viría despois.

Mirou entón para Eileen, que despregaba o cable do ferro de pasar para metelo no enchufe, e para as súas fillas, sentadas á mesa cos cadernos e lapis, dispostas a escribir as súas cartas, e ao facelo lembrou con pesar a vez que sendo un neno escribira, o mellor que soubera, unha carta pedindo que viñese o seu pai ou que lle trouxesen un quebracabezas de cincocentas pezas coa imaxe dunha granxa. Aquela mañá de Nadal, ao baixar ao salón que a señora Wilson lles deixaba compartir de tanto en tanto, atopara o lume xa aceso e, baixo a árbore, tres paquetes envoltos no mesmo papel verde: no primeiro deles había un cepillo de unllas e unha pastilla de xabón; no segundo, unha bolsa de auga quente; no terceiro, de parte da señora Wilson, un exemplar de *Conto de Nadal* de tapas duras vermellas, sen debuxos, que cheiraba a mofo.

Saíra á corte da vaca para agochar a súa decepción e chorar. Por alí non pasaran nin Papá Noel nin o seu pai. Tampouco atopara quebracabezas ningún. Pensou nas cousas que dicían del os nenos da escola, nos alcumes que lle poñían, e comprendeu que tiñan que ter algunha relación con aquilo. Cando ergueu a mirada, a vaca, amarrada á corte, satisfeita, comía palla dunha bala. Antes de volver entrar na casa lavou a cara no bebedoiro dos cabalos, logo de romper a tona de xeo; afundiu as mans no fondo frío e para afastar o máis lonxe posible a dor, mantívoas alí ata deixar de sentilas.

Onde estaría seu pai agora? Ás veces, sorprendíase mirando os vellos para tratar de atoparlles un parecido con el, ou poñendo a orella ás conversas da xente na procura dalgunha pista. Estaba seguro de que algún veciño tiña que saber quen era seu pai —todo o mundo tiña un pai—, pero cría improbable que ninguén dixese nada na súa presenza, pois decatábase de que a xente, cando fala, non só revela o que sabe, senón tamén o feito de sabelo.

Ao pouco de casar, Furlong decidira preguntarlle á señora Wilson por seu pai, pero non deu xuntado o valor necesario para facelo ningunha das noites en que a visitou; a ela podería parecerlle maleducado despois de todo o que fixera por súa nai e por el mesmo. Ao cabo de menos dun ano, a señora Wilson sufriu un derrame cerebral. Trasladárona ao hospital. Foina visitar o domingo; perdera o control do lado esquerdo do corpo, e non daba falado; malia todo, conseguiu recoñecelo, e ergueu a man dereita nada máis velo. Semellaba unha nena, sentada na cama e mirando pola fiestra, cun camisón de flores abotoado ata o pescozo. Era unha tarde tormentosa de abril; alén dos amplos e limpos vidros, que Furlong abrira un pouco porque odiaba estar en cuartos tan pechados, unha xistra de flores brancas abrollaba das cerdeiras, resgada pola man do vento.

—A ti de neno visitouche algunha vez Papá Noel? —preguntou Sheila en voz baixa.

Había veces en que as súas fillas, cos seus cabelos negros e aqueles ollos fríos e penetrantes, parecían bruxas. Era doado entender por que as mulleres tiñan medo dos homes, dotados de forza física, desexo e poder social; as mulleres, porén, coas súas intuicións perspicaces, resultaban moito máis profundas: podían predicir o que pasaría moito antes de que ocorrese, soñalo durante a noite, e ler a túa mente. Houbera intres durante o seu matrimonio en que mesmo chegou a ter medo de Eileen, envexando o seu tempero, os seus afinados instintos.

—Papá? —dixo Sheila.

—Que se me visitou Papá Noel? Pois claro —dixo Furlong—, nunha ocasión tróuxome un quebracabezas dunha granxa.

—Un quebracabezas? Só iso?

Furlong tragou saliva.

—Remata a túa carta, *a leanbh.*

Aquela noite xurdiron certas discrepancias entre as nenas mentres decidían a que peticións debían renunciar e cales debían compartir. Eileen aconsellounas sobre canto era abondo e canto demasiado, en tanto que a Furlong só lle consultaban o que tiña que ver coas dúbidas ortográficas.

A Grace, que xa tiña a idade de comezar a decatarse, pareceulle raro que o enderezo non fose máis longo.

—"Papá Noel, Polo Norte." Seguro que non falta nada?

—Alí todo o mundo sabe onde vive Papá Noel —dixo Kathleen.

Furlong chiscoulle o ollo.

—E como saberemos se chegan a tempo?

Loretta botou unha ollada ao calendario do carniceiro; a derradeira páxina de decembro, cos cambios da lúa, abaneaba lixeiramente por mor dunha corrente de aire.

—O teu pai botará as cartas mañá a primeira hora —dixo Eileen—, o correo de Papá Noel envíase sempre urxente.

Rematara coas camisas e coas blusas e comezaba cos almofadóns. Sempre se ocupaba das cousas complicadas en primeiro lugar.

—Acendede a televisión para vermos as noticias —dixo—, teño o presentimento de que Haughey volverá zafar.

As cartas foron finalmente introducidas en sobres que, á súa vez, foron selados e colocados na repisa da cheminea para seren enviados pola mañá. Furlong mirou as fotografías da familia de Eileen alí colocadas: as da nai, as do pai e as doutros parentes, así como os pequenos adornos que lle gustaba coleccionar á súa muller, e que a el, que se criara nunha casa con cousas máis finas e sinxelas, lle parecían ordinarios. Xamais lle importara que aquelas cousas tan finas non fosen da súa propiedade, pois sempre puidera dispoñer delas.

Esa noite, malia haber escola ao día seguinte, as rapazas tiveron permiso para ir á cama un pouco máis tarde do normal. Sheila preparou unha xerra de refresco Ribena mentres Furlong, cun garfo longuísimo, torraba de xeito cómico anacos de pan de soda que logo as nenas untaban con manteiga, Marmite ou crema de limón. O seu anaco queimouse, pero comeuno de todos os xeitos, dicindo que fora culpa súa por non prestar atención e achegalo demasiado á chama. Puxéraselle, así e todo, un nó na gorxa; tivera a sensación de que non habería outra noite igual a aquela.

Que era o que conseguía emocionalo tanto aquel serán de domingo? Comezou de novo a pensar nos tempos en que vivía coa señora Wilson; chegou á conclusión de que botara demasiado tempo aflixíndose e de que se puxera sentimental por mor da música e de todas aquelas luces de cores; por ver a Joan cantando no coro, sendo parte daquilo con todos os demais; e polo aroma a limón que o levara de volta aos tempos do Nadal coa súa nai, a aquela fermosa e vella cociña e ao costume que ela tiña de engadir azucre ao zume de limón sobrante nunha daquelas xerras azuis para atopalo á mañá seguinte convertido en limoada doce.

Repúxose axiña; decatouse de que non se pode volver a aquilo que sucedeu no pasado; todo o mundo dispón dunha serie de días e oportunidades que xamais volverán presentarse. Acaso non resultaba agradable estar onde estaba e deixar que a súa mente lembrase o pasado malia a sensación de inquietude e o feito de estar sempre a cismar na mecánica dos días e nos problemas futuros que quizais nunca se desen?

Cando levantou a vista eran case as once.

Eileen interpretou a súa ollada.

—Mozas, xa é hora de estar na cama —dixo, mentres o ferro asubiaba ao pousalo de novo sobre a táboa—, subide e lavade os dentes. E non quero oír nin chío ata mañá pola mañá.

Furlong ergueuse e puxo un fervedoiro ao lume para encher as bolsas de auga quente. Cando a auga estivo lista, encheu as dúas primeiras bolsas; o aire saía delas emitindo un pequeno bafexo dende a goma, antes de axustar as tapas. Mentres agardaba que volvese ferver, Furlong pensou na bolsa de auga que tantas veces lle regalaran polo Nadal e en como, a pesar da decepción, aquel agasallo o reconfortara unha chea de noites durante moitos anos; e tamén en como, antes de que chegase o Nadal seguinte, conseguira rematar de ler o *Conto de Nadal*; a señora Wilson animárao a usar o enorme dicionario para buscar nel as palabras que non coñecese, dicindo que todos deberíamos ter un amplo vocabulario —aquela palabra, vocabulario, non fora quen de atopala ata que se deu de conta de que a súa terceira letra non era un k, senón un c—. Ao ano seguinte, cando gañou o primeiro premio de ortografía e lle deron como agasallo un estoxo de madeira cunha tapa que podía servir de regra, a señora Wilson aloumiñáralle o cocote e gabárao como se fose un dos seus. "Podes estar orgulloso", dixéralle. E durante un día enteiro ou máis, Furlong andaba por aí sentíndose un palmo máis alto, interiormente convencido de que el valía tanto coma calquera outro neno.

Despois de que as rapazas marchasen á cama e de que a última das pezas de roupa estivese ben dobrada e gardada, Eileen apagou a televisión e colleu dous vasos de xerez do armario para enchelos co licor que mercara para facer o biscoito borracho. Suspirou, apoiándose na cociña, quitou os zapatos e soltou o cabelo.

—Foi un día longo para ti —dixo Furlong.

—Tanto ten. Non sei por que deixei a torta para tan tarde. Todas as mulleres que estaban alí esta noite xa tiñan as súas rematadas.

—Se non o tomas cun pouco máis de calma vaiche pasar factura, Eileen.

—Dígoche o mesmo.

—Eu, polo menos, teño os domingos libres.

—Telos, si, pero a pregunta é se realmente os colles.

Mirou cara á porta, ao pé das escaleiras, e incorporouse, como se dese xeito puidese saber se as nenas prenderan no sono.

—Xa dormen —dixo—. Dáme as cartas, vexamos o que escribiron.

Furlong colleu os sobres, abríronos e leron as cartas das rapazas.

—Non é fermoso velas tan sisudas, sen pedir o sol e as estrelas? —dixo Eileen despois de ler un anaco—. Algo debemos estar facendo ben.

—Ti sobre todo —admitiu Furlong—. Eu paso o día no traballo e só veño a casa para cear, subir á cama e volver marchar antes do amencer.

—Ti tamén fas a túa parte, Bill —dixo Eileen—. Se non debemos un penique é grazas a ti.

—A súa ortografía mellorou... pero, que me dis de Loretta, que escribiu *Papá No El*?

Levoulles un tempo revisar as cartas e decidir o que se mercaba e o que non. Ao final abriron a man e decidiron mercar todo o que collese dentro das súas posibilidades: un par de pantalóns vaqueiros para Kathleen, que vira os anuncios de Levi's na televisión; un disco de Queen para Joan, que no verán estivera pegada á pantalla durante a retransmisión do concerto Live Aid e quedara engaiolada por Freddie Mercury. Sheila escribira a carta máis curta, pedindo un Scrabble sen ofrecer alternativa. Decidíronse por un globo terrestre para Grace, que malia non estar segura do que quería acabara escribindo unha longa lista de cousas. Loretta non mostraba indecisión: se o *Papá No El* fose tan *amavle* de traerlle *Os cinco ao carón do mar* ou *Os cinco escapan*, de Enid Blyton, ou os dous, deixaríalle un anaco enorme de torta e agocharíalle outro detrás da televisión.

—Feito —dixo Eileen,— outra cousa rematada. Mañá pola mañá collo o bus a Waterford e fago as compras mentres están na escola.

—Queres que te leve?

—Sabes que non terás tempo, Bill —dixo—, mañá é luns.

—Certo.

Abriu a porta do forno da cociña, dubidando durante un intre; despois botou as cartas ás chamas.

—Medran moi rápido, Eileen.

—Sabes que cando nos deamos conta estarán casadas e nas súas casas.

—Éche así a vida.

—Os anos non transcorren máis lentos a medida que pasan.

Eileen comprobou a temperatura da válvula do forno; como a agulla baixara moito respecto á temperatura desexada, subiuna un pouco máis.

—Xa decidiches o que me regalarás polo Nadal? —preguntou cun sorriso.

—Non te preocupes —dixo Furlong—. Collín a indirecta en Hanrahan's, reparei en como mirabas para o escaparate.

—Vaites, é agradable saber que estás ao tanto e tomas nota —dixo ela, satisfeita—. E a ti que che gustaría?

—Non necesito nada —dixo Furlong.

—Queres uns pantalóns novos?

—Non sei o que quero. Quizais un libro. Podería acougar e tentar ler un pouco durante o Nadal.

Eileen deu un grolo e mirouno.

—Que tipo de libro?

—Un de Walter Macken, quizais. Ou *David Copperfield*. Nunca me animei a lelo.

—Moi ben.

—Ou un dicionario grande, para a casa, para as rapazas.

A idea de ter un dicionario na casa prestoulle.

—En que andas a cismar, Bill? —O dedo de Eileen acariñou o bordo do vaso, dándolle unha volta completa—. Esta noite, a túa mente semellaba andar lonxe de aquí.

Furlong afastou os ollos. Volveran poñerse en marcha os instintos da súa muller, o atinado poder da súa mirada.

—Estabas na casa da señora Wilson?

—Simplemente estaba a lembrar algúns detalles.

—Imaxinaba.

—Ti nunca volves pensar en cousas, Eileen? Non te preocupa nada? Ás veces gustaríame ler a túa mente.

—Preocuparme? —dixo ela—. Onte soñei que Kathleen tiña os dentes podres e que eu llos arrincaba coas tenaces. Case caio da cama.

—Xa, todos temos algunha desas noites.

—Supoño —dixo ela—, coa chegada do Nadal e todos os gastos...

—Cres que van ben encarreiradas? As rapazas, digo.

—E logo?

—Non sei —dixo Furlong—, estiven a pensar no feito de que esta tarde Loretta non quixese ir onda Papá Noel.

—Aínda é moi nova —dixo Eileen—, dálle tempo. Xa lle irá collendo o gusto a medida que medre.

—Pero estamos ben, ou?

—De cartos, dis? Acaso non foi un bo ano? Aínda me dá para gardar algo de diñeiro na Cooperativa de crédito cada semana. En menos dun ano deberíamos conseguir o préstamo e poñer as fiestras novas. Estou farta das correntes de aire.

—Non teño moi claro do que estou a falar, Eileen —suspirou Furlong—. Non mo teñas en conta. É só que esta noite estou un pouco canso, nada máis.

Furlong preguntábase para que servía todo aquilo. O traballo e mais a preocupación constante. Erguerse antes do amencer, na escuridade, para ir ao almacén; atender os pedidos, un tras outro, durante todo o día; despois volver á casa, ás escuras, e tentar desfacerse da morriña, e sentar á mesa para cear e quedar durmido e espertar de novo para repetir unha e outra vez unha nova versión do mesmo día. Xamais cambiarían as cousas? Non chegaría nunca o momento de que se transformasen en algo diferente ou novo? Nos últimos tempos, máis aló do que implicaba para Eileen e as rapazas, comezara a cuestionarse de que servía todo. Estaba a piques de facer os corenta e non sentía que chegase a ningures ou que estivese a facer ningún progreso; non podía evitar cuestionarse para que servían os días.

De súpeto, sen motivo, lembrou un traballo que tivera durante un verán na granxa de cogomelos, antes de entrar na escola politécnica. No primeiro día esforzárase arreo para seguir o ritmo exixido; comparado cos demais, porén, estivera lento e obrigara a demorar a liña que formaban entre todos. Ao chegar ao final e deterse un intre para secar as pingas de suor da testa, mirara cara atrás, cara ao lugar onde comezara, e vira que xa había cogomelos pequenos a abrollar de novo entre o fertilizante; de súpeto desanimárase ao comprender que unha e outra vez, día tras día, o verán enteiro, había de acontecer o mesmo sempre.

Por un momento sentiu a insistente necesidade de falar sobre iso con Eileen, pero ela animouse e deu en comentarlle as novas que traía da praza: o dono da empresa de pompas fúnebres, de quen se afirmaba que nunca casaría, acababa de proporlle matrimonio a unha camareira noviña a quen dobraba en idade e que traballaba no hotel Murphy Flood, en Enniscorthy; que a levara á cidade e que lle mercara o anel máis barato do escaparate de Forristal's. Ao fillo do perruqueiro, un mozo electricista que aínda cumpría condena, diagnosticáranlle un tipo de cancro moi estraño e non lle deran máis dun ano de vida. Había rumores de que a empresa Albatros despediría máis xente despois do Nadal, e que o circo, desta volta, viría á vila a principios de ano. A directora da oficina de correos dera a luz trixemelgos, todos nenos, pero isto xa era auga pasada. Oíra, tamén, que os Wilson venderan todo o gando e non quedaban máis que algúns cans polo lugar, que toda a terra estaba alugada e traballada con poucos cultivos, e que Ned tiña un pouco de bronquite.

Cando a conversa non deu para máis, Eileen colleu o exemplar do *Sunday Independent* e botoulle unha ollada. Furlong pensou, coma outras veces, que era unha pobre compañía para ela, pois apenas conseguía entretela polas noites. Xamais pensara Eileen en como sería a súa vida de casar con outro? Ficou alí sentado, non sen tristeza, oíndo o tic-tac do reloxo na repisa da cheminea e mais o asubío do vento que entraba por ela. A chuvia, que comezara de novo a caer, petaba con forza sobre os vidros e movía as cortinas. Ao oír un anaco de antracita colapsar contra outro, ergueuse para volver axeitar o lume.

O sono comezou a apoderarse del aos poucos, pero Furlong obrigouse a permanecer sentado, toqueneando na cadeira, ata que o reloxo marcou as tres e unha agulla de calcetar, introducida ata o fondo na torta de Nadal, saíu limpa por fin.

—Cando menos, a froita non quedou abaixo —dixo Eileen, satisfeita, antes de bautizar a torta cun fío de whiskey.

4

Foi un decembro de corvos. Nunca tantos se viran, reunidos en negros grupos nas aforas da cidade, entrando nela despois, camiñando polas rúas, mexendo as cabezas e apoiándose descarados onde lles petaba na procura de algo que estivese morto, ou abalanzándose atrevidos sobre calquera cousa que semellase comestible nos camiños, antes de iren repousar nas enormes e vellas árbores ao redor do convento.

O convento era un lugar impresionante, sobre o outeiro do outro lado do río, con amplas portas e unha sarta de xanelas altas e brillantes orientadas á vila. O xardín mantíñase ben coidado durante todo o ano; o céspede estaba sempre cortado; os arbustos que crecían en ringleiras, así como as altas sebes, podábanse con regularidade. Ás veces, facíanse pequenas fogueiras ao aire libre e o vento arrastraba o seu estraño fume verdoso pola vila ou, dependendo de como soprase, en dirección a Waterford. O tempo tornara seco e frío, e a xente comentaba o aspecto que ofrecía o convento, que imitaba unha postal de Nadal, cos teixos e as aciñeiras cubertos de xeada, e tamén que os paxaros, por algunha razón, respectaran os froitos dos acivros. Ou iso dicía o vello xardineiro.

As monxas do Bo Pastor, ao cargo do convento, dirixían unha escola de formación profesional para rapazas que lles proporcionaba a estas unha educación básica. Tamén dirixían con éxito unha lavandaría. Non se coñecían moitos detalles da escola, pero a lavandaría tiña moi boa sona: os restaurantes e pensións, as residencias de anciáns e o hospital, todos os sacerdotes e familias con posibles, mandaban alí a súa bogada. Polo que contaban, o que alí se enviaba, tanto tiña que se tratase dun monte de roupa de cama ou de apenas unha ducia de panos de man, volvía coma se fose do trinque.

E dicíanse máis cousas sobre o lugar, como que as rapazas que asistían á escola non eran estudantes de nada en concreto, senón rapazas de moral dubidosa que pasaban os días sendo reformadas; a súa penitencia consistía no lavado da roupa sucia, o que as obrigaba a traballar dende o amencer ata o solpor. A enfermeira local contou que a chamaran para tratar unha moza de quince anos que tiña varices de tanto permanecer de pé ao carón das bañeiras de lavado. Outros afirmaban que eran as propias monxas as que traballaban a eito, tecendo xerseis con la da illa de Aran e enliñando doas de rosarios para exportar; dicían que tiñan o corazón de pedra e problemas de vista, que non se lles permitía falar —só rezar—, e que algunhas só comían pan con manteiga ao mediodía, inda que á noite, ao rematar o traballo, se lles permitise tomar unha comida quente. Outros xuraban que aquel lugar non era máis que un fogar para nais e bebés onde mozas solteiras, mozas comúns e correntes, procuraban agocho tras daren a luz; dicían que as enviaban alí os seus propios familiares despois de que os seus fillos, ilexítimos, fosen adoptados por familias acomodadas dos Estados Unidos, ou enviados a Australia, e que as monxas recibían unha boa cantidade de cartos por colocar estes bebés no estranxeiro, o que era un próspero negocio.

Pero a xente dicía unha morea de cousas, e a metade delas eran imposibles de crer; na vila nunca faltaran os dixomedíxomes.

A Furlong non lle gustaba nada darlles credibilidade aos díxomedíxomes, pero unha tarde foi ao convento entregar un pedido moito antes do previsto; ao non atopar ninguén na porta, pasou por diante do alpendre do carbón, que estaba ao outro lado do edificio, abriu o ferrollo dunha pesada cancela e, ao facelo, atopouse cunha fermosa horta de árbores cargadas de froita: mazás vermellas e amarelas, peras... Achegouse coa intención de facerse cunha pera de pencas pero, en canto pousou a bota sobre a herba, unha manda de gansos revirados botouse a correr detrás del. Logo de que recuase, alzáronse na punta das patas e bateron as ás, alongando os seus pescozos de xeito triunfante e chiando na súa dirección.

Furlong continuou camiñando cara a unha capela pequena e iluminada. Atopou alí máis dunha ducia de mozas e nenas axeonlladas ao carón de farrapos e latas de cera de lavanda antiga, dobrando o espiñazo para lustraren en círculos o chan daquel lugar. En canto o viron reaccionaron como se acabasen de escaldarse, só porque sentiron que Furlong preguntaba pola irmá Carmel. Nin unha soa delas tiña zapatos, apenas levaban medias negras e unha sorte de uniforme gris, horrible. Unha nena tiña un tirizó con moi mal aspecto no ollo, e outra tiña o cabelo cortado dun xeito bastante rudimentario, como se o fixese un cego cunhas tesoiras de podar.

Foi esta, precisamente, a que se lle achegou.

—Podería axudarnos, señor?

Furlong deu un paso atrás.

—Abonda con que me leve ata o río.

Falaba moi seria e con acento de Dublín.

—Ata o río?

—Ou, cando menos, que me deixe na porta de entrada.

—Non estou en condicións de facer iso, rapaza. Non te podo levar comigo —dixo Furlong, amosándolle as súas mans abertas e baleiras.

—Léveme á casa con vostede, entón. Traballarei ata caer rendida.

—Teño muller e cinco fillas na casa.

—Pois eu non teño a ninguén, e o único que quero é afogar no río. Nin sequera pode facer esa puta cousa por nós?

De súpeto, a rapaza anicouse para volver darlle lustre ao chan. Furlong virouse e viu unha monxa de pé ao carón do confesionario.

—Irmá —dixo Furlong.

—En que podo axudalo?

—Estaba buscando á irmá Carmel.

—Foi ao outro lado, a St. Margaret —dixo—, quizais eu poida axudalo.

—Traio un pedido de leña e carbón para vostedes, irmá.

A monxa cambiou de actitude en canto se decatou de quen era.

—Foi vostede quen pasou pola horta amolando os gansos?

Furlong, sentíndose castigado dun xeito estraño, deixou de pensar na rapaza e seguiu a monxa ata a parte dianteira do convento. Ela examinou o albará e comprobou que a carga coincidía co pedido; despois deixouno só, colocando a leña e mais o carbón no alpendre, para volver máis tarde pola porta principal coa intención de pagarlle. Furlong observouna con atención mentres contaba os billetes; recordáballe un poni forte e consentido ao que durante moito tempo lle permitisen facer todo o que lle petase. A urxencia por dicir algo sobre as rapazas medrou, pero logo desapareceu. Ao final, limitouse a cubrir e entregar o recibo que a monxa lle pedira.

En canto subiu ao camión, pechou a porta con forza e continuou repartindo. Máis adiante, xa de camiño, decatouse de que esquecera coller un desvío. Avanzaba en dirección contraria, pisando ferro a fondo, polo que tivo que dicirse a si mesmo que lle cumpría centrarse e minorar a marcha. Non podía tirar da cabeza a imaxe das mozas de xeonllos, lustrando o chan, e o estado en que se atopaban alí dentro. Sorprendérao tamén ver, ao camiñar detrás da monxa, fóra da capela, un cadeado no interior da porta que conducía da horta cara á fronte, e que a parte superior do muro que separaba o convento de St. Margaret estivese rematada con vidros rotos. E como a monxa pechara con chave a porta de entrada ao saír para pagarlle.

Estendíase unha néboa que aboiaba na forma de longas sabas e parches e, naquela estrada sinuosa non había espazo abondo para xirar, de xeito que Furlong colleu á dereita por unha estrada secundaria e despois, máis adiante, volveu xirar á dereita nunha estrada que se facía máis estreita aínda. Despois de xirar de novo e pasar un alpendre de herba seca, que pensou que xa pasara, bateu, ao outro lado da estrada, cun cabuxo ceibo que arrastraba unha corda solta e cun vello, vestido cun chaleco, que levaba na man unha fouce coa que cortaba cardos secos no borde do camiño.

Furlong detívose e saudou o home.

—Sería tan amable de dicirme a onde leva esta estrada?

—Esta estrada? —dixo o home, baixando a fouce e mirándoo en fite aos ollos—. Esta estrada lévate onde ti queiras ir, fillo.

Aquela noite, na cama, Furlong dubidou se compartir con Eileen o que presenciara no convento, pero cando llo contou, ela sentou, endereitándose, e díxolle que esas cousas nada tiñan que ver con eles, e que non había nada que puidesen facer, ou acaso aquelas mozas alá arriba non necesitaban dun lume para se quentar como todo o mundo? E non eran as monxas dos poucos clientes que pagaban o que cumpría pagar cando cumpría pagalo, ao contrario de moitos outros que deixaban que correse a auga ata que había que apertalos para que pagasen e daquela comezaban os problemas?

Foi un discurso bastante longo.

—Que é o que sabes?

—Nada, só o que estou a dicirche —respondeu ela—. De todos os xeitos, que ten que ver todo iso con nós? As nosas nenas crecen sas e ben educadas.

—As nosas nenas? —retrucou Furlong—. Que ten que ver o que che estou a contar coas nosas nenas?

—Absolutamente nada —dixo Eileen—. E sobre que temos que responder?

—Non pensaba que tivésemos que responder de nada, pero despois de escoitarte non estou tan certo.

—Págache a pena pensar tanto? —dixo ela—. O único que consegues pensando é deprimirte —Eileen, axitada, non deixaba de tocar os botóns anacarados do camisón—. Se queres triunfar na vida, deberías ignorar certas cousas para poder seguir adiante.

—Non digo que che falte razón, Eileen.

—Dá igual se levo razón ou non. Tes bo corazón, iso é todo. A regalar sempre o cambio que levas no peto e a...

—Que é o que che amola esta noite?

—Nada, é só que non te decatas. Non quedaron atrás as penalidades coas que te criaches?

—A que te refires, exactamente, coas penalidades que quedaron atrás?

—En fin, hai rapazas por aí que se meten en problemas. Iso saberalo ben, ou?

O golpe foi baixo, pero era o primeiro que recibía da súa boca en todos os anos que compartiran xuntos. Algo pequeno e duro atravesóuselle na gorxa. Cando tentou falar, foi incapaz de soltalo, ou de tragalo. Ao final, malia sentir que non podía ocultalo, tampouco deu atopado as palabras para acalmar o que acababa de interpoñerse entre eles.

—Non tiña dereito a dicirche iso, Bill —dixo Eileen, acougada—. Pero se nos centramos no que temos aquí e permanecemos no lado correcto e non afrouxamos, ningún dos nosos terá que soportar endexamais o que soportan esas rapazas. Alguén as levou alí porque non tiñan unha alma que mirase por elas. O único que fixeron as súas familias foi deixalas a monte, e despois, cando se meteron en problemas, virarlles as costas. Só as persoas sen fillos se poden permitir o luxo de seren descoidadas.

—Pero, e se fose unha das nosas fillas? —dixo Furlong.

—É iso precisamente o que che estou a dicir —dixo Eileen, volvendo endereitarse—, *non é ningunha das nosas fillas.*

—Alégrome de que a señora Wilson non pensase coma ti —dixo Furlong, mirándoa—. Onde iría daquela miña nai? E onde estaría eu agora?

—Non che parece que as preocupacións da señora Wilson eran bastante diferentes das nosas? —dixo Eileen—. Sentada nesa casa enorme, coa súa pensión e unha boa granxa con terras, e a túa nai e Ned traballando para ela. Acaso non era unha das poucas mulleres deste mundo que podía permitirse facer o que lle viñese en gana?

5

O prognóstico meteorolóxico dicía que nevaría durante a semana de Nadal. Ao saber que o almacén de carbón estaría pechado durante uns dez días, a xente sentiu pánico e comezou a facer pedidos de última hora, queixándose, cando por fin atendían a chamada, de que non collesen o teléfono. Inda por riba, a última remesa do ano chegaría tarde e, por mor desta circunstancia, habería que recollela directamente no porto. Furlong deixou ao cargo da oficina a Kathleen, que non tiña escola, mentres el se encargaba de facer as entregas de fóra da cidade, tentando cobrar de paso o que se lle debía. Cando volveu, á hora do xantar, Kathleen tiña organizados os seguintes cargamentos e preparados os albarás para evitar demoras e que el puidese comer un bocado antes de seguir coas tarefas.

O sábado, ao regresar da ronda da mañá, Kathleen semellaba farta, pero xa só faltaba unha última quenda de entregas. Ela deulle os albarás, anunciando que acababa de entrar un pedido grande do convento.

—Agora mesmo farei que o teñan preparado antes de marchar —dixo Furlong—, entregareino eu mesmo pola mañá.

—Pero mañá é domingo, papá.

—Que outra opción hai? O luns xa estaremos de traballo ata arriba, e despois só queda a mañá do día de Noiteboa.

Non se molestou moito en comer: tragou unha presada de galletas e un té, aburado pola urxencia de seguir co traballo, pero fixo unha pausa para quentarse ao carón da estufa de gas. A calefacción do camión comezaba a fallar, e tiña as pernas e os pés aterecidos.

—Estás quente aquí, Kathleen?

Ela estaba a clasificar as facturas, pero semellaba non dar atopado espazo para pousalas.

—Estou ben, papá.

—Estás ben?

—De marabilla —dixo ela.

—Atreveuse algún destes a amolarte cando eu estaba fóra?

—Non.

—Se o fan, tes que dicirmo.

—Non pasou nada, papá. De verdade.

—Xúrao por Deus.

—Xúroo por Deus.

—Daquela?

Ela deu a volta e endereitouse coas facturas entre as mans.

—Que acontece, *a leanbh*?

Colocou a copia do pedido do convento no seu sitio.

—É que quería saír coas amigas de compras antes de que pechen as tendas, ir ver as luces e probar uns vaqueiros, pero mamá acaba de chamar para dicir que teño que acompañala ao dentista.

Á mañá seguinte, cando Furlong se ergueu e descorreu a cortina, o ceo semellaba estraño e pechado, coa única luz tenue dalgunhas estrelas. Na rúa, un can lambía os restos dunha lata de conservas, empurrándoa cos fociños polo pavimento xeado. Os corvos xa andaban por alí, avanzando con sixilo e deixando escapar grallos roucos e curtos, grallos longos, como se atopasen o mundo máis ou menos obxectable. Un deles fozaba nunha caixa de pizza, termando do cartón cunha pata e peteirando, con suspicacia, nos restos, antes de abrir as ás e saír voando cun arrocho de pizza no bico. Outros observaban, elegantes, camiñando ás alancadas, inspeccionando o chan, os arredores, coas ás pregadas, traendo á lembranza de Furlong a imaxe do sacerdote noviño ao que lle gustaba percorrer a vila coas mans ás costas.

Eileen estaba profundamente durmida, e durante un momento quedou mirando para ela, sentindo que a necesitaba, permitindo que a súa mirada ociosa contemplase o seu ombreiro, a man aberta e durmida, a negra escuridade dos seus cabelos en contraste co almofadón. O desexo de quedar, de alongar o brazo e tocala, era moi forte, pero recolleu a camisa e os pantalóns da cadeira e vestiuse ás escuras, sen espertala.

Antes de baixar as escaleiras entrou no cuarto de Kathleen, que durmía despois de que lle sacasen unha moa. Ao seu carón, Joan moveuse un pouco e deu a volta. Na cama do fondo, en cambio, Loretta permanecía esperta. Máis que vela, Furlong sentiu o brillo dos seus ollos a través da escuridade.

—Estás ben, cousiña? —murmurou Furlong.

—Si, papá.

—Teño que marchar, pero non tardarei en volver.

—Tes que marchar?

—Estarei de volta en media hora, meu ben. Durme.

Na cociña nin sequera se molestou en quentar auga e preparar un té; limitouse a untar un anaco de pan con manteiga que comeu de pé mentres saía da casa.

Fóra, as rúas estaban esvaradías pola xeada, e, co silencio do domingo, as botas renxían de xeito inusitado sobre o pavimento. Cando chegou ao almacén e atopou o cadeado conxelado, sentiu o desazo de estar vivo, e lamentou non atoparse na cama; obrigouse, malia todo, a seguir adiante, encamiñándose á casa dunha veciña que tiña a luz acesa.

Cando chamou á porta, con suavidade, non foi a señora da casa quen respondeu, senón unha muller máis nova, en camisón e chal. O cabelo, que non era nin castaño nin rubio, máis ben de cor canela, chegáballe case ata a cintura, e estaba descalza. Detrás dela, unha cociña de gas despedía aneis de lume que servían para quentar un fervedoiro e unha pota pequena; tres rapaces, que recoñeceu, estaban sentados ao redor da mesa coloreando uns cadernos e comendo dunha bolsa de pasas. A estancia recendía a algo pracenteiro que se lle facía familiar, pero ao que non soubo poñer nome, ou lugar.

—Sinto molestala —dixo Furlong—. Son do almacén do outro lado da rúa, e non podo abrir porque o cadeado ficou cuberto de xeo.

—Non é molestia ningunha —dixo ela—. Necesita o fervedoiro con auga quente, non é?

Tiña acento do oeste.

—Si, se fose posible.

Ela axeitou o cabelo por riba do ombreiro e Furlong observou, de xeito non intencionado, a forma dos seus peitos, soltos, por debaixo do algodón.

—Tome, está quente —dixo ela achegándolle a teteira—. Non esqueza traela de volta.

—Seguro que a necesitará para o seu té.

—Lévea —dixo—, que non dá boa sorte negarlle auga a un home.

Cando deu aberto o cadeado e foi de volta á casa para devolver o fervedoiro, logo de chamar coidadosamente, oíu que a voz o convidaba a entrar. Empurrou a porta. Había unha candea acesa sobre a mesa, e a muller deitaba leite quente sobre as cuncas cheas de cereais dos nenos.

Quedou durante un intre contemplando a calma daquela estancia, deixando que unha parte da súa mente divagase e imaxinase o que sería vivir alí, naquela casa, con aquela muller como esposa. Nos últimos tempos sentíase inclinado a imaxinar outra vida, noutro lugar, e pensou que quizais levase iso no sangue. Non sería seu pai un máis deses que de súpeto collera o barco para Inglaterra? Semellaba ao mesmo tempo axeitado e inxusto que gran parte da vida dependese do resultado do azar.

—Puido abrilo? —preguntou ela collendo a teteira.

—Puiden —dixo Furlong mentres sentía o tacto frío da man da muller—, moitas grazas.

—Quere un té?

—Nada me gustaría máis —respondeu —, pero debo poñerme ao traballo.

—O fervedoiro ha tardar un par de minutos en volver quentar a auga. Non será moito tempo.

—Xa vou tarde. Hei mandar que un dos homes deixe un saco de leña na súa porta.

—Oh, non é necesario.
—Bo Nadal! —dixo Furlong ao xirarse.
—O mesmo digo —berrou ela na distancia.

En canto puxo os calzos no portón, Furlong volveu centrarse nos seus asuntos e no que tiña que facer aquel día. Estaba preocupado polo camión, pero en canto xirou a chave no contacto, o motor púxose en marcha e el deixou escapar o alento que estivera a reter sen decatarse. A tarde anterior comprobara a mercancía para estar seguro de que non faltaba nada do pedido; a pesar diso. descubriuse comprobándoa de novo. Mirou o almacén, tamén, para asegurarse de que quedara todo ben arrombado e que as básculas estaban no seu lugar, que non quedara nada alí durante a noite, malia que fora el mesmo quen se encargara de facelo todo a véspera, antes de pechar. Non había nada que necesitase da oficina prefabricada. Non obstante, abriu a porta, acendeu a luz e comprobou coa vista as moreas de papel, o directorio de teléfonos e os arquivadores, os albarás e as copias das facturas unidas polo picapapeis. Mentres escribía unha nota para lembrar que deixasen un saco de leña na casa de en fronte comezou a soar o teléfono. Quedou mirando para el ata que deixou de soar, e agardou un par de minutos para ver se chamaban de novo antes de rematar de escribir a nota. Despois saíu e pechou a porta.

Cando chegou ao convento, o reflexo dos seus faros cruzou os vidros das fiestras e pareceu que estivese a toparse consigo mesmo. Pasou por diante da porta principal, tentando non facer moito ruído, deu marcha atrás polo costado, chegou ata o alpendre do carbón e apagou o motor. Adurmiñado, baixou do camión e mirou, por riba dos teixos e das sebes, a gruta coa estatua da Nosa Señora, cos ollos abaixados, como se estivese decepcionada polas flores artificiais que tiña aos pés, e a xeada brillante que reflectía as luces que caían dende as altas fiestras.

O lugar estaba tranquilo, pero non semellaba en paz. O sol aínda non asomara, e Furlong mirou en dirección ao río, escuro e brillante; a súa superficie reflectía algunhas partes equivalentes da vila iluminada. Hai moitas cousas das que cómpre afastarse un pouco para poder velas mellor. Non soubo dicir o que prefería, se a imaxe da vila ou o seu reflexo na auga do río. Oíanse voces que cantaban "Adeste Fideles" nalgún lugar. Quizais eran as internas de St. Margaret, pero o máis probable é que aquelas mozas xa marchasen ás súas casas, porque dous días despois era Noiteboa. Daquela, os cantos debían proceder da escola de formación das rapazas. Ou acaso eran as mesmas monxas a practicar antes da primeira misa? Durante uns intres quedou parado, escoitando e contemplando a vila, o fume que comezaba a saír das chemineas e as pequenas e esmorecentes estrelas no ceo. A luz dunha das máis brillantes desapareceu mentres el continuaba parado, deixando durante un segundo unha sorte de marca no ceo, como un gran de xiz nun encerado. Outra semellou queimarse e esvaecer aos poucos.

Cando deixou caer a porta traseira do camión e foi abrir o portón da carboeira reparou en que o ferrollo estaba atoado e conxelado, e sentiuse na obriga de preguntarse a si mesmo se non se convertera nun home condenado a permanecer parado perante as portas; pasaba a meirande parte da súa vida diante delas, agardando a que, dun xeito ou outro, abrisen. En canto conseguiu vencer a teimosía do ferrollo, sentiu a presenza de algo no interior da carboeira; non sería a primeira vez que o asustaba algún can que non atopara mellor lugar onde deitarse. Como non podía ver ben naquela escuridade, foi ata a cabina do camión para botar man da lanterna. Cando a acendeu e puido iluminar o que alí había xulgou, polo que atopou no chan, que aquela rapaza pasara toda a noite no interior da carboeira.

—Cristo bendito! —dixo.

O único que se lle ocorreu foi quitar o abrigo, pero en canto o fixo e llo puxo á rapaza ao redor dos ombreiros, esta encolleuse.

—Non teñas medo —explicou Furlong—, que só vin deixar o carbón, *a leanbh.*

Sen delicadeza, volveu iluminar o chan; distinguiu os excrementos que ela se vira obrigada a facer no lugar.

—Que Deus te bendiga, filla —dixo Furlong—. Saiamos de aquí.

Cando conseguiu sacala do alpendre e viu o que tiña diante —unha nena que apenas podía manterse en pé, cos cabelos cortados de calquera xeito—, unha parte de si mesmo, a parte común e corrente, desexou volver ao pasado para evitar achegarse algunha vez a aquela carboeira.

—Tranquila —dixo—. Apóiate en min, queres?

A rapaza non semellaba querelo moi cerca, pero el conseguiu levala ata o camión, onde puido apoiarse contra a calor do capó; dende alí mirou as luces da vila, e o río, e despois levou a vista máis lonxe, como fixera el, ao ceo.

—Estou fóra —puido dicir despois dun anaco.

—Estás.

Furlong axeitoulle o abrigo ao redor dos ombreiros. A ela non pareceu importarlle.

—É de noite ou xa é día?

—Está amencendo —dixo Furlong—. Será día axiña.

—E ese é o Barrow?

—É —contestou Furlong—, unha forte corrente chea de salmóns.

Durante un momento non acertou a saber se aquela rapaza era a mesma que vira na capela o día que os gansos lle chiaran; ora ben, era unha rapaza diferente. Iluminou coa lanterna os seus pés; viulle as longas unllas negras polo carbón, despois apagou o aparello.

—Como é que acabaches aí dentro?

Como ela non contestou, Furlong sentiu compaixón polo que probablemente estaba a sentir a rapaza, e tentou buscar palabras de conforto. Despois dun anaco, no que algunhas follas secas voaron sobre a grava do chan, recobrou o ánimo e axudouna a camiñar ata a porta principal do convento. Malia que unha parte del se preguntaba que era o que estaba a facer,

Furlong seguiu adiante, como adoitaba, e foi consciente da súa respiración nerviosa cando, logo de premer o botón, se estremeceu ao oír o son do timbre.

Non pasou moito tempo ata que unha monxa moi noviña abriu a porta.

—Oh! —exclamou cun berro contido antes de volver pechar bruscamente.

A moza, ao seu carón, non dixo nada, senón que quedou parada mirando para a porta, como se estivese a tentar facer un burato coa forza dos seus ollos.

—Que é o que está a pasar aquí? —dixo Furlong.

Ao ver que a rapaza seguía sen contestar, atopouse sen saber o que dicir.

Durante un bo anaco de tempo permaneceron alí fóra, á intemperie, nos banzos de entrada. El podería marchar con ela, levala, era consciente, á casa do cura ou á súa propia casa, pero a rapaza era tan pequena, unha cousiña tan pequena e tan inaccesible... Alén diso, esa parte del, común e corrente, o único que desexaba era acabar con aquilo dunha vez por todas e chegar á casa.

Premeu o timbre outra volta.

—Poderías preguntar polo meu bebé?

—Como?

—Debe ter fame —dixo—, e non sei se hai alguén que o poida alimentar.

—Tes un neno?

—De catorce semanas. Quitáronmo, pero quizais me deixen darlle de comer outra vez se aínda está aquí. Non sei onde está.

Furlong comezou a cismar de novo no que dicir, cando a madre superiora, unha muller alta que recoñeceu como aquela que o descubrira na capela e que apenas tratara anteriormente, abriu a porta de par en par.

—Señor Furlong —dixo sorrindo—, que bo telo aquí un domingo pola mañá cedo.

—Madre —dixo Furlong—, seino, é cedo.

—Sinto moito que se vise na situación de atoparse con isto —dixo ela mirando á rapaza—. Onde te metiches? —Cambiou de ton—. Non nos levou moito tempo reparar en que non estabas na túa cama. A piques estivemos de chamar á policía.

—Sexa polo motivo que for, esta nena pasou a noite toda pechada na carboeira —díxolle Furlong.

—Que Deus te bendiga, nena. Entra e sube, e toma un bo baño de auga quente, que te has atopar mellor. Esta rapaza non distingue ás veces o día da noite. Non sei como imos facer para encarreirala.

A rapaza entrara nunha especie de transo e comezara a tremer.

—Entre —dixo a madre superiora dirixíndose a el—. Prepararemos un té. Que asunto tan horrible!

—Ai, non. Non entro —Furlong retrocedeu, como se esa acción lle ofrecese a posibilidade de volver atrás no tempo.

—Como non vai entrar! —dixo ela—. Non acepto unha negativa.

—Teño moita présa, Madre. Aínda debo chegar á casa e cambiarme para ir a misa.

—Daquela deberá entrar e agardar a que lle pase o apuro. Aínda é cedo, e hoxe celébranse misas abondas.

Furlong sorprendeuse a si mesmo quitando a gorra e camiñando, como se lle indicara, detrás da monxa, axudando a rapaza a camiñar polo recibidor ata a cociña, onde un par de mozas pelaban nabos e lavaban cabazas no vertedoiro. A monxa noviña que abrira a porta na primeira ocasión estaba parada diante dunha enorme cociña negra, remexendo nalgunha cousa, e tiña o fervedoiro ao lume. O lugar e todo o que alí había estaba inmaculado: Furlong podía ver a súa imaxe reflectida ao pasar por diante dalgunha das potas penduradas.

A madre superiora non se detivo, senón que continuou camiñando polo corredor de azulexos.

—Por aquí.

—Estamos deixando pegadas no chan, Madre —oíuse dicir Furlong.

—Tanto ten. Onde hai lama hai diñeirada.

A monxa guiounos a unha estancia grande e elegante onde acababan de acender o lume nunha estufa de ferro fundido. Había unha mesa enorme cuberta por un mantel branco, rodeada de cadeiras, e un aparador de caoba, e andeis de libros en vitrinas. Sobre a repisa da cheminea viu un retrato de Xoán Paulo II.

—Sente ao carón do lume e entre en calor, si? —dixo mentres lle devolvía o seu abrigo—. Xa me encargo eu desta moza e de traer o té.

A madre superiora marchou pechando a porta detrás dela, pero foi pecharse e abrirse de novo para deixar paso á monxa noviña que entraba cunha bandexa. Tremíanlle as mans e caeulle unha culler.

—Debe de agardar outra visita —dixo Furlong.

—Outra visita? —preguntou a monxa, alarmada.

—É un falar —explicou Furlong—. Dise cando cae unha culler.

—Ah, xa —dixo ela, mirándoo.

A monxa continuou coa súa tarefa o mellor que puido, colocando as cuncas e os pratiños e loitando coa tapa dunha lata que se resistía, antes de erguer un pedazo de torta de froitas que acababa de cortar co coitelo.

Cando a madre superiora volveu, achegouse á estufa onde, coas tenaces, avivou o lume, xuntando con moito xeito a leña acendida e anacos frescos do mellor carbón de Furlong, que acababa de sacar dun caldeiro. Despois, sentou na cadeira en fronte del.

—Daquela, vai todo ben pola casa, Bill? —comezou a falar a monxa.

Os seus ollos non eran de cor gris, nin tampouco azuis, senón dunha cor intermedia.

—Na casa vai todo ben. Moitas grazas por preguntar, Madre.

—E ás mozas como lles vai? Disque dúas delas están aquí a facer progresos coa música. Ten outras dúas ao lado, non si?

—Vailles todo ben, grazas a Deus.

—E agora unha delas está no coro. Semella sentirse cómoda.

—Pórtanse ben.

—Axiña estarán todas ao lado, é cuestión de tempo, Deus mediante.

—Deus mediante, Madre.

—Hoxe en día hai tantas! Non é doado atoparlles sitio a todas.

—Dende logo.

—Cantas teñen? Cinco? Seis?

—Temos cinco, Madre.

Ela ergueuse e colleu a tapa da teteira para remexer as follas de té.

—Ao mesmo tempo, debe sentirse un pouco decepcionado...

Nese momento, dáballe as costas.

—Decepcionado? —dixo Furlong—. Por que?

—Por non ter un varón que leve o seu nome.

Ela falaba en serio, pero Furlong, que estaba afeito a aquela conversa, sentíase en terreo coñecido. Estirouse e deixou que as botas tocasen o tornalume.

—Claro, pero acaso non levo eu o apelido materno, Madre? Nunca me sentín mal por iso.

—Non?

—Que podería ter eu en contra das nenas? —proseguiu—. A miña nai foi no seu día unha nena. E atrévome a dicir que o mesmo se podería dicir de vostede e da metade dos nosos familiares.

Houbo unha pausa, e Furlong non viu que ela tivese a intención de cambiar de tema, pero entón abriuse a porta e apareceu a nena da carboeira. Traíana vestida cunha blusa, un cárdigan, unha saia plisada e zapatos, e co cabelo enchoupado e mal peiteado.

—Que rápido —dixo Furlong, medio erguéndose da cadeira—. Xa estás mellor, moza?

—Senta aquí, si? —A madre superiora moveu unha cadeira para ela—. Toma un té e un anaco de torta e entra en calor.

A madre superiora ergueu con alegría a teteira e serviulle o té, e despois achegoulle a xerra do leite e mais o azucre.

A moza sentou e, de xeito torpe, comezou a escoller os anacos de froita que había na torta; despois comeu o resto co té quente. Custáballe, malia todo, colocar a cunca no seu lugar ao levala de volta ao prato.

Durante un anaco a madre superiora deu en falar sobre noticias de actualidade e outras cousas sen importancia. Logo volveuse en dirección á rapaza e preguntoulle:

—Poderás dicirnos agora como foi que acabaches na carboeira? Só tes que contalo, non tes nada do que preocuparte.

A rapaza quedou conxelada na cadeira.

—Quen te meteu alí?

A súa ollada asustada comezou a dar voltas pola estancia; nun momento puntual cruzouse cos ollos de Furlong, mais logo volveu centrarse na mesa e nas frangullas do seu prato.

—Agocháronme, Madre.

—Como que te agocharon?

—Estabamos xogando, Madre.

—Xogando? Xogando a que? Pódese saber?

—Xogando sen máis, Madre.

—Imaxino que aos agochos. E á túa idade! E non pensaron en que tiñan que sacarte de alí ao rematar o xogo?

A nena afastou a mirada e deixou escapar unha sorte de salouco.

—Que é o que te atormenta agora, rapaza? Non foi acaso un descoido? Non se trata dunha trastada sen máis?

—Si, Madre.

—Que é o que foi?

—Unha trastada.

—Levaches un susto, iso é todo. O que necesitas agora é almorzar e unha boa sesta.

A madre superiora mirou a monxa noviña, que permanecera todo o tempo parada como unha estatua na estancia, e asentiu coa cabeza.

—Pode prepararlle algo á rapaza? Lévea á cociña e deixe que coma o que queira. E asegúrese de que hoxe teña o día libre.

Furlong viu como levaban a rapaza; entendeu que aquela muller desexaba telo lonxe, pero tamén sentiu que o impulso primeiro por marchar estaba a ser substituído por unha vontade firme de permanecer naquel lugar. No exterior asomaba o día. Axiña soarían as campás para a primeira misa. Quedou sentado, encoraxado por aquel poder novo e estraño. El era alí, no fin de contas, un home entre mulleres.

Mirou a muller que tiña sentada diante, o xeito en que vestía: as roupas perfectamente repasadas, os zapatos perfectamente lustrados.

—Ao final, o Nadal chegou ben rápido, non lle parece? —preguntou, como quen non quere a cousa.

—Abofé que si.

Debía recoñecer que a monxa tiña a cabeza fría.

—Sabe que dan neve para os vindeiros días?

—Aínda estamos a tempo de ter un Nadal nevado. Iso non significa máis negocio para vostede?

—Temos traballo abondo, si —dixo Furlong—, non me podo queixar.

—Acabou o té? Quere que lle sirva outro?

—Teremos que rematalo, Madre —retrucou, alongando a cunca.

A man que servía o té víase firme.

—Esta semana estarán na vila os seus mariñeiros?

—Non son os meus mariñeiros, pero temos un cargamento nos peiraos, si.

—E non lle importa traer estranxeiros?

—A xente ten que nacer nalgún lugar —dixo Furlong—. Xesús, por exemplo, era de Belén.

—Dificilmente compararía o Noso Señor con eses tipos.

Ela xa tivera abondo, e levou unha man baixo a mesa, ao peto, de onde sacou un sobre.

—Agardarei pola factura do que se debe, pero aquí hai algo para o Nadal.

Malia a reticencia por collelo, Furlong alongou a man.

A madre superiora acompañouno ata a cociña, onde a monxa noviña estaba atarefada diante dunha tixola, rompendo un ovo ao carón de dous anacos de chouriza negra. A rapaza da carboeira permanecía sentada sen nada diante, e nunha sorte de turbación.

Furlong era consciente de que desexaban que marchase, pero detívose e quedou ao carón da moza.

—Hai algo que poida facer por ti, *a leanbh*? —preguntou—. Só tes que dicirmo.

A rapaza mirou pola fiestra, respirou profundamente e botou a chorar, do xeito en que o fan aqueles que non están afeitos a ningún tipo de candor e se atopan con el por primeira vez ou despois de moito tempo.

—Disme como te chamas?

Ela mirou a monxa.

—Aquí chámanme Enda.

—Enda? —dixo Furlong—. Pero se é nome de rapaz.

A rapaza semellaba non poder responder.

—Cal é o teu verdadeiro nome? —insistiu Furlong con amabilidade.

—Sarah —dixo ela—, Sarah Redmond.

—Sarah —repetiu el—, Sarah chamábase a miña nai. E de onde es?

—A miña familia vive en Clonegal.

—E non está iso máis alá de Kildavin? —preguntou estrañado Furlong—. Como é que viñeches dar aquí?

A monxa tusiu ao carón da cociña e deulle un meneo á tixola, Furlong entendeu que a rapaza non debía contestar a aquilo.

—Ben, entendo que agora estás amolada, é normal. Pero quero que saibas que me chamo Bill Furlong e que traballo no almacén de carbón, ao carón dos peiraos. Se algunha vez necesitas algo, o único que tes que facer é pasar por alí ou mandarme chamar. Estou todos os días agás os domingos.

A monxa estaba servindo os ovos e a chouriza no prato, untando manteiga nunha torrada, facendo ruído.

Furlong decidiu non engadir máis nada. Saíu do convento e pechou a porta. Despois quedou parado no banzo da entrada, ata que oíu que alguén dende dentro pechaba con chave.

6

—Perdiches a primeira misa —dixo Eileen cando Furlong chegou á casa.

—Estaba no convento. Non me deixaban marchar sen entrar a tomar un té.

—En fin, é Nadal —dixo Eileen—. Non é o propio?

Furlong non respondeu.

—Que che deron?

—Té —contestou—, e torta.

—E máis nada?

—A que te refires?

—É Nadal. Nunca deixan pasar o ano sen dar un aguinaldo.

Furlong non volvera pensar no sobre.

Cando Eileen o abriu e sacou a tarxeta, caeulle no colo un billete de cincuenta libras.

—Pois si que é bo —dixo—. Con isto temos de sobra para pagarlle o que lle debemos ao carniceiro. Mañá pola mañá xa vou buscar o pavo e o xamón.

—Déixame ver.

A tarxeta amosaba un ceo azul cun anxo, e a Virxe e o neno sobre un burro que conducía Xosé. "A viaxe a Exipto", leu Furlong na parte de atrás. No interior, cunha caligrafía apurada, poñía: "Para Eileen, Bill e as súas fillas. Moitas felicidades, que gocedes destas festas durante moitos anos xuntos".

—Espero que lles deses as grazas —dixo Eileen.

—E por que non o habería de facer?

Furlong esmagallou o sobre e tirouno ao lixo.

—E ese mal humor, a que se debe?

Eileen colleu a tarxeta e colocouna na repisa da cheminea ao carón das súas cousas.

—Non estou de mal humor —respondeu Furlong—. Por que o preguntas?

—Tanto ten. Quita esa roupa e cámbiate, que aínda nos farás chegar tarde á segunda misa.

Furlong dirixiuse ao baño do fondo, colleu o xabón e enxaboou as mans moi amodo, na pía, despois lavou a cara e comezou a facer a barba, apertando demasiado a navalla nalgúns lugares; fixo un corte no pescozo. No espello, mirou os ollos, a raia do cabelo e mais as cellas, que parecían estar máis xuntas dende a última vez que reparara nelas. Fregou as unllas o mellor que puido, tentando sacarlles a morriña. Cunha reticencia que lle resultaba nova comezou a vestirse coas roupas de domingo, e camiñou con Eileen e as nenas en dirección á capela, sentindo a rúa pina e esvaradía en moitos sitios.

—Tedes solto para o peto da igrexa? —preguntoulles Eileen ás nenas cando entraban no recinto da capela—. Ou o voso pai xa llo deu a alguén?

—Non hai necesidade ningunha de dicir iso —precisou Furlong, amolado—. Non levas abondo no teu bolso por un día?

O riso de Eileen desapareceu, e unha sorte de sorpresa estendeuse pola súa cara. Lentamente, sacou o moedeiro e deulles cadansúa moeda de dez céntimos ás rapazas.

Na entrada, persignáronse na pía de mármore, mollando os dedos, provocando pequenas ondas na tona da auga, antes de atravesar as portas de entrada. Furlong detívose ao carón dunha das portas e observou como camiñaban polo corredor, con que soltura se axeonllaban e se colocaban no banco, tal como lles ensinaran, mentres Joan avanzaba ata á parte dianteira, onde estaba situado o coro, e se axeonllaba tamén.

Algunhas das mulleres, con panos nas cabezas, rezaban o rosario co alento contido e os dedos concentrados nas doas. Os membros das grandes familias de granxeiros e comerciantes pasaron envoltos no seu recendo a perfumes e xabóns, envoltos en roupas de la e tweed, antes de sentaren na fronte e baixaren os reclinatorios facendo renxer as bisagras. Os homes máis vellos entraban, sacaban a pucha e persignábanse rapidamente, cun dedo. Un mozo recén casado, coa cara vermella, sentou no medio do templo na compaña da súa xove esposa. Os rexoubeiros sentaban ao carón do corredor para ter boa vista, na procura dunha chaqueta nova, dun corte de pelo diferente, dunha coxeira, ou de calquera cousa fóra do común. Cando Doherty, o veterinario, entrou co brazo en estribeira houbo algunha cotobelada e algún murmurio, e despois máis, cando entrou a directora da oficina de correos que tivera os trixemelgos, toucada cun sombreiro verde de veludo. Aos pícaros máis pequenos dábanlles calquera cousa para entreterse, unhas chaves, chupetes. Levaron fóra un bebé que choraba sen consolo e que tentaba zafarse da aperta da súa nai. Fume de tabaco e algunhas risas conseguían penetrar no interior do recinto dende o soportal, onde algúns homes apuraban o tempo antes de oír as campás que anunciaban o comezo da celebración.

Axiña, a irmá Carmel, que ensinaba música, sentou diante do órgano e comezou a tocar. Todos, coa excepción dos máis vellos e os discapacitados, se puxeron en pé cando entraron os acólitos diante do sacerdote. Este levaba unha túnica morada tan grande que lle chegaba os talóns. Moi amodo, fixo unha xenuflexión de costas aos fieis, ocupou o seu lugar no altar e, abrindo as mans, comezou:

—No nome do Pai, do Fillo e do Espírito Santo. Que a graza do Noso Señor Xesucristo e o amor de Deus e a compaña do Espírito Santo estea con vós.

—E contigo tamén —contestou a coro a congregación.

Ese día a misa fíxose longa. Furlong apenas prestou atención. Entretívose mirando a luz da mañá que entraba polas vidreiras. Durante o sermón, a súa mirada seguiu as estacións do Viacrucis: Xesús collendo a cruz e caendo, no encontro coa súa nai, caendo dúas veces máis, espido, crucificado e soterrado no seu sepulcro... Cando rematou a consagración e chegou o momento de recibir a comuñón, Furlong permaneceu teimudamente onde estaba, de costas contra a parede.

Ese mesmo domingo, máis tarde, cando xa chegaran á casa e comeran as costeletas de año con coliflor e salsa de cebola, Furlong montou a árbore de Nadal e sentou ao carón da cociña de ferro para observar o xeito en que as rapazas colocaban luces, adornos e acivro detrás dos marcos de fotos e por riba da cómoda. Sentíndose case como un ancián púxose a reparar e enliñar os adornos que as rapazas lle puñan nas mans. Cando a árbore de Nadal estivo completamente decorada, coas luces acendidas, Grace colleu o acordeón e tentou cantar "Jingle Bells". Sheila acendeu a televisión e sentou no sofá para ver un capítulo de *Todas as criaturas grandes e pequenas*. Furlong deveceu por que Eileen sentase e acougase un pouco pero, en canto acabou de lavar a louza, botou man da fariña e dun bol de cerámica e dixo que había que facer os pasteis de froita e decorar a torta. Kathleen comezou a facer a masa e a enrolala. Loretta entón empregou un vaso para recortala mentres Eileen e Joan separaban as claras dos ovos e comezaban a batelas co azucre glas. A torta de Nadal, xa cuberta de mazapán, foi retirada do seu molde e colocada sobre unha bandexa de prata. Sheila e Grace puxéronse a discutir quen tiña quenda para tocar o acordeón.

Furlong ergueuse e foi encher o caldeiro con antracita do alboio, e trouxo uns troncos. Despois colleu a vasoira e comezou a varrer o chan.

—Tes que facer iso agora? —dixo Eileen—. Estamos a piques de poñer a decoración da torta.

Cando tirou dentro da cociña o po, a sucidade e mais as follas de acivro e arumes de piñeiro que recollera do chan, a cociña crepitou e ceibou un tremendo renxido. Deu a impresión de que a estancia estivese a pecharse e, ante os seus ollos, o papel da parede semellaba saír do sitio co seu padrón repetitivo e sen sentido. Un desexo de marchar lonxe de alí invadiuno, e imaxinouse a si mesmo, coa súa roupa vella, a soas, camiñando ao longo dunha leira escura.

Ás seis, cando a televisión anunciou o ángelus, seguido das noticias, varias ducias de pasteis de froita arrefriaban nas bandexas de arame, e a torta de Nadal estaba decorada, cun Papá Noel de plástico soterrado ata os xeonllos e rodeado de renos. Cando oíu a predición meteorolóxica e mirou pola ventá as luces da rúa, Furlong non puido permanecer máis tempo sentado.

—Vou visitar a Ned —dixo—. Se non vou agora, despois non hei ter tempo.

—É iso o que te preocupa?

—Non me preocupa nada en particular, Eileen —suspirou Furlong—, pero non dixeches que o home non está alá moi ben?

—Daquela leva isto contigo —dixo, mentres envolvía seis pasteis de froita en papel marrón—. E dille que pase por aquí no Nadal.

—Direillo.

—Que saiba que é benvido a comer se lle acae ben.

—Non che importa?

—E logo non temos a casa chea ese día? Tanto ten un máis.

Cunha sorte de alivio, Furlong puxo o abrigo e camiñou ata o almacén. Que agradable era estar fóra, ver o río, o seu alento no aire fresco. No peirao, un bando de gaivotas enormes e brillantes ergueu o voo e pasou ao seu carón, probablemente na procura fútil de algo de comida no estaleiro pechado. Unha parte del desexou que fose luns pola mañá, poder concentrar a mente na condución e na mecánica do día a día, na semana de traballo. Os domingos podían chegar a facérselle longos e duros. Por que non podía ser el coma os outros homes que tomaban un par de pintas ao rematar a misa e logo quedaban durmidos ao pé do lume, co xornal diante, despois dun bo xantar?

Un domingo, moitos anos atrás, a señora Wilson aínda vivía, Furlong fora visitala á casa. Non levaba moito tempo casado —aínda levaban a Kathleen no carriño—. Era o costume de Furlong, os domingos que ía bo tempo, coller a bicicleta despois de comer e ir visitar alguén. Aquel domingo resultou que a señora Wilson non se atopaba na casa, e Ned estaba na cociña cunha botella de cervexa negra, fumando ao carón do lume. Deulle a benvida a Furlong, coma sempre, e púxose a lembrarlle que o trouxeran á casa cando aínda era un bebé. A señora Wilson adoitaba baixar todos os días para observalo, mentres durmía no seirón. "Nin unha soa vez o lamentou", dixo. "Da súa boca nunca saíu unha palabra de queixa nin arrepentimento sobre ti. Nunca se aproveitou da túa nai. O salario era escaso, pero tiñamos un teito decente sobre as nosas cabezas e nunca fomos á cama con fame, nin unha soa vez. Non teño posesións, só un cuarto pequeno, pero nunca atopei nada fóra de lugar. O cuarto en que vivo é como se fose meu, e se quero podo erguerme no medio da noite e comer ata fartar. Cantos poden dicir o mesmo?

»Pero nunha ocasión fixen algo feo. En máis dunha ocasión, en realidade. Ti eras moi pequeno e non o recordas, pero naquela altura había outro home por aquí, un que se encargaba de muxir as vacas comigo pola mañá. Como este home tiña un burro que andaba esfameado pola falta de pasto, pediume que lle levase unha paca de herba seca a unha encrucillada, na parte de atrás da casa. Era aquel un inverno duro, dos máis duros que pasamos, por iso lle dixen que o faría. Cada tarde enchía un saco con herba seca e íallo levar alí, ao pé do camiño, onde están os rododendros, protexidos os dous pola escuridade. Fixémolo durante bastante tempo, pero unha noite, algo que non era humano, un ser sen mans, saíume ao camiño dende o arredor e impediume o paso. Deixei entón de roubar a herba da señora Wilson. Agora xa o superei, pero síntome mal ao recordalo, e nunca llo contei a ninguén fóra do confesionario."

Furlong quedara ata tarde aquel día; bebera dúas botellas pequenas de cervexa e acabara preguntándolle a Ned se sabía quen era seu pai. Ned responderalle que a súa nai nunca dixera nada, pero o verán anterior ao nacemento de Furlong viñeran moitas persoas visitar a señora Wilson, persoas importantes que coñecían a familia, amigos, de Inglaterra, xente elegante. Adoitaban alugar un barco para pescar salmóns no Barrow. Daquela, como saber en que brazos caera a súa nai?

"Só Deus o sabe", dixera, "pero ao final todo saíu ben, non é? Aquí tiveches uns bos comezos, e parece que prosperas."

Antes de que Furlong marchase Ned fixera té, despois collera o acordeón e botara unhas pezas, e a continuación deixara o acordeón a un lado, pechara os ollos, e cantara "The Croppy Boy". A canción, e o xeito de cantala, fixera que a Furlong se lle encrespasen os cabelos da caluga; fora incapaz de marchar sen pedirlle a Ned que a cantase outra volta.

Agora, conducindo pola avenida, os vellos carballos e os tileiros víanse espidos e máis altos. Cando os faros iluminaron as grallas, e os niños que fixeran, cando viu a casa acabada de pintar, coas lámpadas de todos os cuartos dianteiros acesas, cando viu a árbore de Nadal ao outro lado da fiestra do despacho, onde nunca a puñan, a piques estivo o corazón de saírlle do peito.

Manobrou amodo marcha atrás e aparcou no patio, apagou o motor. Unha parte del non quería achegarse á casa, non quería falar con ninguén, pero obrigouse a saír, cruzar o chan de lastras e chamar á porta de atrás. Quedou en pé durante uns minutos, escoitando, antes de volver chamar. Entón ladrou un can e a luz do patio acendeuse. Cando unha muller abriu a porta e o saudou cun forte acento de Enniscorthy, Furlong explicou que viña visitar a Ned. Ela díxolle que Ned xa non vivía alí, que ingresara no hospital había máis de quince días por mor dunha pneumonía, e que agora convalecía nunha residencia.

—Onde?

—Non sabería dicirlle —dixo ela—. Quere falar cos Wilson? Aínda non sentaron a cear.

—Ah, non, non quero molestar —dixo Furlong—. Déixeo así.

—É obvio que son familia.

—Como?

—Éme doado ver a semellanza —dixo ela—. Ned é tío seu?

Furlong, incapaz de atopar unha resposta, mexeu a cabeza e mirou detrás da muller para observar a cociña, co piso agora de linóleo. Mirou tamén a cómoda, que estaba igual, coas súas xerras azuis e os seus pratos de servir.

—Seguro que non quere que lles diga que está vostede aquí? —dixo ela—. Estou convencida de que non lles importará.

Furlong puido sentir que a ela lle amolaba que a porta permanecese aberta todo ese tempo co frío que ía fóra.

—Non —dixo—, marcho, pero moitas grazas de todos os xeitos. Podería dicirlles que Bill Furlong pasou e lles desexa bo Nadal?

—Fareino, por suposto —dixo ela—, que teña bo Nadal.

—Bo Nadal.

Cando a muller pechou a porta, Furlong mirou o gastado banzo de granito e fregou a sola do zapato sobre a súa esgrevia superficie, antes de volverse para observar o patio: as cortes e o alboio da herba seca, a vacariza, a pía dos cabalos, o portal de ferro forxado que levaba ao xardín onde adoitaba xogar, os banzos do palleiro, as lastras sobre as que caera a súa nai para atopar a súa fin.

Antes de que lle dese tempo a entrar no camión e pechar a porta, a luz do patio apagouse e sentiu que unha sorte de soidade se apoderaba del. Permaneceu sentado durante un anaco, mirando como sopraba o vento nas copas das árbores espidas, as pólas que se estremecían, máis altas ca as chemineas, e despois botou man dun dos pasteis de froita da bolsa marrón. Estivo alí sentado durante máis de media hora, cismando nas palabras da muller, no que dixera sobre a súa semellanza con Ned, e deixando que as ideas ocupasen a súa cabeza. Ao final, tivera que abrirlle os ollos unha descoñecida.

Un pouco despois moveuse unha cortina, un rapaz observaba dende dentro. Furlong levou a man ao contacto e acendeu o motor. De camiño á casa arrombou os seus pensamentos e comezou a cismar na rapaza do convento. O que máis o atormentaba non era o feito de que a deixasen na carboeira ou a actitude da madre superiora, senón como trataran a rapaza mentres el estaba presente, e que el o permitise; que non preguntase polo bebé da rapaza, que fora o único que ela lle pedira, e como collera os cartos e a deixara alí, sen nada diante e co leite a pingarlle por debaixo do cárdigan e a mancharlle a blusa; e que, como un auténtico hipócrita, fose á misa.

7

O día de Noiteboa Furlong non lembraba outra ocasión en que tivese tan pouca gana de ir traballar. Durante días estivera a acumulárselle no peito algo moi duro, pero, como de costume, vestiuse, bebeu un analxésico Beechams e saíu rúa abaixo en dirección ao almacén. Os homes xa estaban alí, parados diante da porta, soprando nas mans e bourando cos pés no chan para aliviar o frío, mentres falaban entre si. Todos os homes que acabaran quedando ao seu carón ao longo do tempo resultaran honestos, nin folgaban apoiados nas pas nin gustaban de queixarse. A señora Wilson dicía que para sacar o mellor das persoas cómpre tratalas ben. Estaba satisfeito de levar as fillas, cada ano, aos dous cemiterios, para deixar unha coroa de flores ao pé da tumba da súa nai e outra na da señora Wilson.

Despois de dar os bos días aos homes, Furlong abriu as portas e, de xeito mecánico, observou o almacén, as cargas e os pedidos; inmediatamente despois, púxose ao volante. Cando arrincou, un fume negro saíu polo tubo de escape. Á furgoneta custáballe tanto subir as congostras que soubo que o motor estaba nas últimas, o que significaba que as novas ventás da fachada polas que tanto devecía Eileen non poderían instalarse ao ano seguinte, nin ao outro.

Nalgunhas casas, nas aldeas, estaba claro que a xente o pasaba mal; cando menos en seis ou sete ocasións levárono con discreción a un lado para preguntarlle se podían pagar no seguinte pedido. Noutras casas, pola contra, fixo o posible por participar das conversas irrelevantes e dar as grazas polas tarxetas e agasallos: latas de lambetadas Emerald e Quality Street, unha bolsa de nabos, mazás para cociñar, unha botella de viño Bristol Cream e outra de Black Tower, unha chaqueta de rapaza de pana aínda por estrear. Un protestante deulle un billete de cinco libras ao estreitarlle a man e desexoulle bo Nadal, dicindo que a muller do seu fillo acababa de ter outro neno varón. En máis dunha casa os rapaces, sen escola, saíron correndo a recibilo, como se fose Papá Noel que viña traer a bolsa de carbón. En máis dunha ocasión, Furlong parou para deixar unha bolsa de leña á porta de xente que lle dera traballo cando lle fora posible. Nunha delas, un pequecho saíu ata o camión e colleu un saco de carbón antes de que a súa irmá máis vella viñese para darlle un lapote e dicirlle que soltase aquilo, que estaba sucio.

—Vai á merda —dixo o rapaz—, vai á merda.

A rapaza, imperturbable, deulle a Furlong unha tarxeta de Nadal.

—Sabiamos que viría —dixo a rapaza— e que nos evitaría o traballo de enviala por correo. A nosa nai sempre dixo que é vostede un cabaleiro.

A xente pode ser boa, esforzouse por lembrar mentres conducía de volta á vila, é cuestión de aprender a manexar o equilibrio entre o que se dá e o que se recibe, de xeito que lle permita a un levarse ben cos demais e cos seus. Pero en canto tivo este pensamento soubo que era o sentimento dun privilexiado, e comezou a preguntarse por que non deixara os doces e as outras cousas con que o agasallaran nas casas dos máis necesitados. O Nadal saca o mellor e o peor da xente, sempre.

Cando volveu ao almacén había tempo que soara a campá do ángelus, pero os homes demostraban bo espírito e seguían a traballar, varrendo e limpando o chan de cemento coas mangueiras, chanceando. Furlong examinou e contabilizou a mercancía restante, tomando nota no libro de rexistro, despois pechou a porta da oficina e cubriu o capó do camión con sacos en previsión de que se cumprise o prognóstico do tempo que a xente agardaba. Laváronse por quendas, na pía, fregando ben as mans, limparon as botas negras. Para rematar, Furlong colleu o seu abrigo do camión e pechou as portas co cadeado.

O xantar daquel día corría a conta da empresa. A señora Kehoe, que vestía un mandil novo con motivos de Nadal, pasaba polas mesas ofrecendo máis salsa, puré de pataca, biscoito borracho, torta de Nadal e nata montada. Os homes comeron a fartar e quedaron alí, relaxados coas pintas de *stout* e *ale*, compartindo os cigarros e empregando os vermellos panos de mesa de papel para asoar o nariz. Furlong non quería quedar moito tempo; o único que desexaba agora era estar na casa, pero quedou un anaco, porque lle semellaba axeitado, unha forma de darlles as grazas aos homes e desexarlles o mellor, de dedicarlle un tempo ao que normalmente apenas lle dedicaba. Xa lles dera a extra do Nadal. Antes de ir pagar a conta, estreitou a man de todos.

—Debes estar derrotado —díxolle a señora Kehoe cando se achegou ao mostrador—, traballando arreo día si e ao outro tamén.

—Igual ca vostede, señora Kehoe.

—É pesada a cabeza que carga coa coroa —dixo ela, rindo.

Estaba a recoller as sobras, baleirando o contido das salseiras nunha pota e retirando o puré dos pratos.

—Foron xornadas de moito traballo —dixo Furlong—. Non nos virán mal uns días de descanso.

—Que boa cousa é ser home e ter días libres de cando en vez —dixo ela, rindo de novo, cunha gargallada máis aguda, e limpou as mans no mandil antes de dirixirse á caixa rexistradora.

Cando Furlong lle estendeu os billetes, a señora Kehoe ordenounos no caixón; despois achegóuselle co cambio, saíndo do mostrador e dándolles as costas ás mesas.

—Sei que me corrixirá se me equivoco, Bill, pero disque tivo unha agarrada con ela no convento.

Furlong premeu con forza as moedas do cambio no interior do puño e puxo a mirada no rodapé da estancia, seguindo o seu percorrido ata un dos currunchos.

—Eu non o chamaría agarrada, pero botei unha mañá alí, si.

—Xa sei que non é asunto meu, pero cómpre ter coidado co que se di no referente ás cousas que acontecen nese lugar. Manteña o inimigo cerca... o can ruín ao seu lado, que o can agradable non o morderá... xa vostede me entende.

El miraba os detalles escuros dos motivos circulares que se cruzaban na moqueta marrón.

—Non o tome a mal, Bill —seguiu ela, pousando a súa man no brazo do home—. Como xa lle dixen, sei que non é asunto meu, pero esas monxas parten moito bacallau en todas as partes.

El deu un paso atrás, e desta volta mirouna aos ollos.

—Seguramente teñen tanto poder como nós lles damos. Non cre, señora Kehoe?

—Non estaría eu moi segura diso.

Fixo unha pausa e mirouno dese xeito en que as mulleres pragmáticas miran ás veces os homes, como se non fosen homes, senón nenos inocentes. En máis dunha ocasión, quizais en moitas ocasións, Eileen mirárao do mesmo xeito.

—Non me faga moito caso —proseguiu ela—, pero tanto vostede coma min traballamos arreo para chegar onde estamos. Está a criar unha familia de rapazas estupendas, e sabe que ese lugar e a escola de St. Margaret están separados apenas por un muro.

Furlong non se molestou, máis ben abrandouse.

—E non o vou saber, señora Kehoe?

—Sóbranme dedos na man se conto o número de rapazas deste lugar ás que lles foi ben sen pasar polos corredores da escola de St. Margaret —dixo ela, estendendo a palma da man.

—Non llo nego.

—As monxas do convento e as da escola pertencen a ordes diferentes —proseguiu a señora Kehoe—, pero créame que son unlla e carne. Non pode enfrontarse a unhas sen prexudicar as súas opcións coas outras.

—Moitas grazas, señora Kehoe. Agradezo moito as súas palabras.

—Bo Nadal, Bill.

—O mesmo, bo Nadal —dixo Furlong apertando de novo o cambio no interior do puño.

Cando saíu á rúa estaba a nevar. Brancas folerpas caían do ceo e pousábanse nas rúas da cidade e nos campos do arredor. Quedou mirando os pantalóns, as puntas das botas, despois axeitou a pucha, calándoa ben na cabeza, e abotoou o abrigo ata o pescozo. Durante un tempo limitouse a camiñar polos peiraos, ao carón do río, coas mans ben metidas nos petos, pensando no que lle acababan de dicir e observando a corrente de auga marchar, escura, bebendo a neve. Sentiuse libre camiñando ao descuberto, sen nada polo que ter que preocuparse e con outro ano de duro traballo ás costas. A urxencia por facer a única compra que lle restaba e volver á casa comezaba a esvaecer. Púxose a camiñar, case alegremente, baixo as luces das rúas, que formaban unha serpe zigzagueante e multicolor. Unha canción saía dun altofalante; a voz alta e ininterrompida dun rapaz cantaba "O, holy night, the stars are brightly shining". Ao pasar por diante da árbore de Nadal situada en fronte do concello tropezou e atopouse botándolle a culpa á señora Kehoe, que o forzara a beber un whiskey quente para aliviar o arrefriado e que despois lle dera un anaco enorme do biscoito borracho. Aquí e alá detívose para observar os escaparates das tendas, as mercadorías, as serpeantes fitas de Nadal, moreas de cousas brillantes: vidro de Waterford, xogos de cubertos de aceiro inoxidable, xogos de porcelana, botellas de perfume, cuncas bautismais. En Forristal, os seus ollos repararon nunhas bandexas de veludo negro onde se expuñan aneis de compromiso e alianzas de voda. Algunhas pulseiras lucían en brazos falsos, e había tamén medallóns con cadeas e colares.

Na vella tenda de Stafford quedou mirando, como se fose un neno, un pau e unha pelota de *hurley*, bólas de vidro, soldados de xoguete, plastilina, Legos, xogos de damas e xadrez, cousas que quedaran sen vender. Dúas bonecas con vestidos de volantes estaban sentadas, ríxidas e cos brazos estendidos ata case tocar o vidro do escaparate cos dedos, como se buscasen uns brazos que as erguesen. Cando entrou e lle preguntou á señora Stafford se tiñan un quebracabezas dunha granxa de cincocentas pezas, ela contestou que os únicos quebracabezas que agora tiñan eran para nenos, que xa non había demanda dos máis complicados. Despois preguntoulle se podía axudalo a atopar outra cousa. Furlong negou coa cabeza, pero mercou unha das bolsas de doces de azucre Lemon que penduraban dos ganchos que tiña detrás. Non quería marchar coas mans baleiras.

Na tenda de mobles Joyce viuse reflectido nun espello de corpo enteiro que estaba de oferta, e decidiu que tiña que ir ao barbeiro cortar o cabelo. Cando botou un ollo viu que había unha longa cola, pero empurrou a porta e, inmediatamente, a campaíña soou. Tomou o seu posto ao final do banco, agardando a súa quenda ao carón dun home rubio que non coñecía e catro rapaces, tamén rubios, que se lle parecían moito. Sinnot, que semellaba ter bebido unha de máis, estaba na cadeira e o barbeiro ao seu carón, rematando de cortarlle o cabelo da caluga e dos costados. O barbeiro saudou con solemnidade a Furlong polo espello e seguiu a darlle ás tesoiras, antes de pousalas para cepillarlle o pescozo a Sinnot e baleirar o cinceiro. Cando as cabichas caeron no caldeiro, algúns cabelos chamuscáronse un pouco, deixando un cheiro amargo, e Furlong quedou cismando no que lle dixera Eileen sobre o fillo do barbeiro, o electricista, e no pouco tempo que lle deran os médicos. Daquela xurdiu unha conversa entre os homes, fixéronse algunhas bromas rudas, disimuladas por mor dos nenos.

Furlong sorprendeuse de non unirse á conversa. Mantívose á marxe mentres pensaba e imaxinaba outras cousas. Nun momento concreto, despois de que máis clientes entrasen no lugar e despois de que Furlong avanzase ao longo do banco, comezou a mirarse no espello, na procura dunha semellanza con Ned, unha semellanza que percibía e non percibía por momentos. Quizais aquela señora da casa dos Wilson estaba trabucada, ou simplemente imaxinara a semellanza asumindo que eran parentes. Pero esta posibilidade non lle parecía probable, e non podía deixar de pensar no desmoralizado que estivera Ned ao morrer a nai de Furlong, en que sempre foran xuntos a misa, que sempre comeran xuntos, que quedaban espertos falando ao carón do lume pola noite. Furlong preguntouse que sentido tiña todo iso. E, se era certo, non fora un acto de delicadeza cotiá facerlle crer que viña dunha liñaxe superior mentres o observaba con atención ao longo dos anos? Ese era o home que lle lustrara os zapatos e lle atara os amallós, o home que lle mercara a primeira máquina de afeitar e lle ensinara a facer a barba. Por que razón as cousas que temos máis cerca son as que máis nos custa ver?

A súa mente estaba agora liberada, déralle unha pausa para deambular con tranquilidade e non podería dicir que lle molestase estar alí sentado, agardando a súa quenda co ano de traballo ás súas costas. E para cando o barbeiro rematou co seu cabelo, pagou e saíu á rúa; a neve amoreárase de xeito que algunhas das pegadas daqueles que entraran e saíran do lugar podían distinguirse con claridade, outras non tanto, sobre o pavimento.

Na rúa Charles detívose en Hanrahan's para recoller os zapatos de charón que reservara para regalarlle a Eileen. A dependenta, unha muller moi ben vestida que era a esposa dun dos seus mellores clientes, non semellaba ansiosa por atendelo, pero trouxo a caixa de zapatos.

—Eran do número 39, non si?

—Si, do 39 —dixo Furlong.

—Quere que envolva o paquete para agasallo?

A muller estaba a envolver os zapatos cunha lámina de papel tisú para metelos despois na caixa.

—Quero —respondeu Furlong—, se non é moita molestia.

Observou como a muller envolvía, cortando o celo e dobrando con coidado os extremos do papel estampado de acivros, antes de meter o paquete nunha bolsa e dicirlle o prezo da compra.

Cando Furlong pagou e saíu, xa había tempo que escurecera, e estaba listo para comezar a camiñar costa arriba en dirección á casa, pero sentiuse atrapado polo olor a aceite do establecemento de *fish and chips* que saía da porta recén aberta.

Entrou alí e mercou unha lata de 7UP que bebeu con sede no mostrador antes de atoparse camiñando de novo en dirección ao río e á ponte, onde unha ondada de frío e cansazo o atravesou. A neve aínda caía aos poucos do ceo, con timidez, pousando por riba de todas as cousas, e preguntouse por que non se dirixira directamente á comodidade e á calor da súa casa. A estas alturas, Eileen debía estar a amañarse para asistir á misa do galo, preguntándose onde se atoparía el. Pero agora o seu día estaba a encherse con algo máis.

Ao cruzar a ponte mirou a corrente de auga, o río a pasar. A xente dicía que aquel río estaba maldito. Furlong non lembraba a metade da historia, pero tiña algo que ver cunha orde de monxes que construíra unha abadía alí, había moito tempo, e á que lle deran o dereito a cobrar peaxe por cruzar o caudal. Co paso do tempo, os monxes volvéranse máis e máis cobizosos, e os habitantes acabaran por rebelarse e botáranos da vila. Cando estaban a marchar, o abade maldicira a cidade dicindo que cada ano o río levaría consigo as vidas de tres habitantes, nin unha máis nin unha menos. A súa nai cría que había algo de certo naquela historia. Faláralle dun tratante de gando que coñecera e que perdera a vida ao saír da estrada co camión un día de Noitevella. Fora o terceiro daquel ano. A nai adoitaba collelo polo brazo, con forza, cunha man, mentres coa outra bouraba na manivela do batedor da manteiga; adoitaba pousar a cabeza no corpo da vaca e cantar cancións mentres muxía con Ned durante o serán, para facilitar a baixada do leite. E ás veces tamén lle dera unha cotenada por ser atrevido, por falar cando non correspondía ou por deixar a tampa da manteigueira sen colocar; tratábase sempre de cousas pequenas.

Furlong seguiu o seu camiño con nerviosismo, cismando na rapaza de Dublín que lle pedira que a levase alí para poder afogar, e en como el se negara. Pensou en como despois daquel incidente se perdera co camión, naquel home estraño que cortaba cardos no medio da néboa, no que lle dixera, que o camiño o levaría onde el quixese ir.

Cando chegou á beira oposta do río comezou a subir a congostra, pasando ao carón doutro tipo de casas con candeas acendidas e fermosas, flores vermellas de Pascua nas estancias de diante, casas que só vira dende o exterior da porta traseira. Nunha delas, un neno vestido cunha chaqueta estaba sentado ao pé dun piano mentres unha muller vestida con elegancia termaba dunha copa, ao seu carón, escoitando a música. Noutra casa, un home que semellaba preocupado, permanecía inclinado sobre un pupitre, escribindo como se estivese a facer cálculos difíciles para conseguir cadrar as contas. Noutra casa máis, un neno pequeno cabalgaba sobre un cabaliño de xoguete enriba dunha alfombra de mesta la. Unha rapaza co uniforme de St. Margaret estaba sentada nun tallo baixo de veludo, e Furlong preguntouse se acaso aquela rapaza puña o uniforme malia non ser día de escola, pero despois pensou que quizais acababa de chegar do ensaio do coro.

Continuou co seu camiño, costa arriba, máis alá das casas iluminadas e dos farois. Envolto pola escuridade e a tranquilidade, rodeou o convento, avaliando o lugar. Os enormes e altos muros que rodeaban a parte traseira estaban rematados con vidros rotos, aínda visibles nalgún punto, malia a neve. Era imposible ver o interior, pois as ventás do terceiro piso estaban escurecidas ou fornecidas con traveseiros de metal. Proseguiu, sentíndose coma un animal nocturno que estivese ao axexo, cazando, o seu corpo posuído por unha sorte de sensación semellante á excitación, unha corrente que lle fluía polo sangue. Ao dobrar a esquina atopouse cun gato negro que comía no cadáver dun corvo, lambendo os labios. Ao velo, o gato quedou parado e despois fuxiu en dirección á sebe.

Cando Furlong deu a volta enteira e pasou por diante do portón principal, cando atravesou as portas abertas e subiu pola avenida, os teixos e as árbores vivaces semellaban imaxes tiradas dunha fotografía, xusto como dicía a xente, con bagas nos acivros. Non había máis que un par de pisadas na neve, na dirección oposta á súa, e puido alcanzar a porta principal sen cruzarse con ninguén. Cando chegou ao extremo do edificio e se dirixiu á porta da carboeira, a necesidade de abrila abandonouno dun xeito estraño, antes de volver aparecer. Entón correu o ferrollo e chamouna polo nome, dicíndolle o seu. Furlong imaxinara, mentres estaba no barbeiro, que desta volta quizais a porta estaría pechada cun cadeado, ou que con sorte ela non estaría alí, ou que nalgún momento tería que cargar con ela durante boa parte do camiño, e dubidou se sería quen de facelo; pensara no que faría entón, en se faría algo, Furlong nin sequera estaba seguro no barbeiro de chegar ata alí; pero todo foi tal e como temera, malia que desta volta a rapaza aceptou o abrigo que lle ofrecía e semellou agradecida de poder apoiarse nel mentres saían daquel lugar.

—Desta volta vés comigo á casa, Sarah.

Foi doado axudala a chegar ata a avenida da entrada e despois a seguir costa abaixo, pasando as casas adiñeiradas en dirección á ponte. Ao cruzar o río, os seus ollos pousáronse de novo na escura corrente de augas negras fluíndo, e unha parte do seu pensamento envexou a seguridade do curso do Barrow. Con que facilidade a corrente seguía o seu camiño incorrixible, tan libre, en dirección ao mar aberto. O aire resultaba máis penetrante agora sen o abrigo, e sentiu o seu instinto de conservación a loitar coa súa coraxe unha e outra vez, e pensou, unha vez máis, en levar a rapaza á casa do cura. Pero a súa mente adiantábaselle; atopárao alá arriba en numerosas ocasións, era evidente que os curas sabían o que pasaba. Non llo dixera xa a señora Kehoe?

Están todos confabulados.

A medida que camiñaban, Furlong ía atopándose con xente que coñecía e coa que tratara durante a meirande parte da súa vida. Moitos deles parábanse a falar con el ata que, ao mirar cara abaixo, reparaban nos pés descalzos e sucios da rapaza e en que aquela moza non era unha das súas fillas. Algúns deles sentían a urxencia de evitar a situación e púñanse a falar de xeito estraño, ou desexábanlle bo Nadal antes de marcharen axiña. Unha vella que paseaba un terrier cunha longa correa fixolle fronte e preguntoulle se aquela rapaza non era unha daquelas indesexables da lavandaría do convento. Máis logo no camiño, un rapaz mirou os pés de Sarah e botou a rir chamándolle porca antes de que o seu pai lle dese unha boa cotenada e o mandase calar. A señora Kenny, vestindo unhas roupas vellas coas que nunca a vira, emanando un forte olor a alcol do seu alento, pensando que Sarah era unha das súas fillas, detívose e preguntoulle que era o que estaba a facer coa rapaza na neve e sen zapatos. Nin unha soa persoa se dirixiu a Sarah para interesarse por ela e preguntarlle onde era que a estaban a levar. Furlong sentíase tan tranquilo como lle era posible, non tiña obriga ningunha de dar explicacións, e continuaba o seu camiño cun entusiasmo no seu corazón tan grande coma o medo perante o que aínda non podía presaxiar, pero que sabía que estaba por vir.

A medida que se achegaban ao centro da cidade e ás luces de Nadal, unha parte del considerou a opción de dar un rodeo no camiño á casa, pero xuntou afouteza para seguir adiante polo traxecto que seguiría se nada acontecese. Algo pareceu pasarlle entón á rapaza, que tivo que parar de súpeto para vomitar na rúa.

—Moi ben —tentou calmala Furlong—, bótao todo fóra, todo fóra.

Na praza, ela detívose para descansar diante do presebe iluminado e quedou parada nunha sorte de transo, mirando. Furlong mirou tamén. As roupas brillantes de San Xosé, a Virxe axeonllada, as ovellas. Alguén, dende a última vez que estivera alí, colocara as figuras dos Reis Magos e do Neno Xesús, pero era o burro quen chamaba a atención da rapaza. Achegouse a el para retirarlle a neve que tiña na orella.

—Non é precioso? —dixo.

—Non falta moito para chegar —afirmou Furlong—. Xa case estamos na casa.

A medida que avanzaban e se atopaban con máis xente, coñecida ou descoñecida, comezou a pensar que sentido tiña vivir se non era para se axudaren os uns aos outros. Era acaso posible seguir adiante ano tras ano, década tras década, durante toda a vida, sen ter unha vez cando menos valor abondo para enfrontarse a todo iso e poder chamarse cristián ao mirarse no espello?

Sentíase lixeiro e lanzal camiñando con aquela rapaza ao seu lado, cunha alegría renovada no corazón. Era posible que o mellor del estivese a abrollar, a saír á superficie? Sabía que unha parte del, a que for, se é que tiña nome, estaba a volverse salvaxe. E a pesar de que pagaría polo que estaba a facer, xamais en toda a súa ordinaria vida coñecera unha felicidade semellante a aquela, nin sequera cando collera por primeira vez as súas fillas en brazos e oíra os seus berros sans e obstinados.

Pensou na señora Wilson, na súa bondade cotiá, en como o corrixira e afoutara, nas cousas que dixera e fixera, nas que se negara a dicir e facer, nas cousas que seguramente sabía, as cousas que, unha detrás da outra, equivalían a unha vida. Se non fose por ela, a súa nai moi probablemente acabaría nun sitio coma aquel. Nun tempo pasado quizais sería a súa nai a quen estivese a salvar, se é que o que estaba a facer podía recibir tal nome. E só Deus podería saber o que lle acontecería a el, onde e como acabaría.

O peor aínda estaba por vir, sabíao. Xa podía sentir unha morea de problemas agardando por el detrás da seguinte porta, pero o peor que podería pasar, non facer nada e ter que vivir con iso durante toda a vida, quedaba atrás. O sufrimento que tiña por diante, calquera que for, non se podía comparar nin de lonxe co sufrimento que aquela rapaza soportara e tería que soportar. Subindo a rúa cara á súa propia porta, coa nena descalza e a caixa de zapatos, o seu medo superaba con creces calquera outro sentimento; no seu inxenuo corazón, así e todo, non só agardaba, senón que lexitimamente cría, que conseguirían amañarse.

Nota

Esta é unha obra de ficción que non está baseada, nin na súa totalidade nin en parte, na vida de ningún individuo ou individuos en particular. A última lavandaría da Madalena non se pechou en Irlanda ata o ano 1996. Non se sabe cantas rapazas e mulleres foron retidas, encarceradas e forzadas a traballar nestas institucións. Dez mil é a cifra máis modesta, trinta mil é probablemente a máis precisa. A meirande parte dos arquivos das lavandarías da Madalena foron destruídos, perdidos ou son inaccesibles. En raras ocasións se recoñeceu e valorou, dalgún xeito, o traballo destas rapazas e mulleres. Moitas delas perderon os seus fillos. Algúns perderon a vida e outros moitos, a meirande parte, perderon a vida que poderían ter. É imposible coñecer cantos milleiros de criaturas morreron nestas institucións e cantas foron adoptadas neses fogares de nais e fillos. A principios deste ano, a Comisión para a Investigación dos Fogares para nais e fillos (Mother and Baby Home Commission Report, en inglés) informou de que nove mil nenos morreron en só dezaoito das institucións investigadas. No ano 2014, a historiadora Catherine Corless fixo público o impresionante descubrimento da súa investigación: 796 nenos morreron entre os anos 1925 e 1961 na casa de Tuam, no condado de Galway. Estas institucións estaban dirixidas e financiadas pola igrexa Católica en concerto coa República de Irlanda. O goberno irlandés nunca se desculpou ata que o primeiro ministro Enda Kenny o fixo no ano 2013.

Agradecementos

A autora desexa expresar o seu agradecemento polo apoio recibido a Aosdána e ao Arts Council, ao Condado de Wexford, á Authors' Foundation, a asociación Heinrich Böll e ao Trinity College de Dublín.

Grazas tamén a Kathryn Baird, Felicity Blunt, Alex Bowler, Tina Callaghan, Mary Clayton, Ian Critchley, Ita Daly, Dr. Noreen Doody, Grainne Doran, Morgan Entrekin, Liam Halpin, Margaret Huntington, Claire e Jim Keegan, Sally Keogh, Loretta Kinsella, Ita Lennon, Niall MacMonagle, Michael McCarthy, Patricia McCarthy, Mary McCay, Helen McGoldrick, Eoin McNamee, James Meaney, Sophia Ní Sheoin, Claire Nozieres, Jacqueline Odin, Stephen Page, Rosie Pierce, Sheila Purdy, Katie Raissian, Josephine Salverda, Claire Simpson, Jennifer Smith, Anna Stein, Dervla Tierney e Sabine Wespieser.

E aos meus alumnos, que tanto me ensinaron ao longo dos anos.

* * *